PLUTUS

OU

L'ÉGALE RÉPARTITION DES RICHESSES.

Imprimerie de HENNUYER et Ce, rue Lemercier, 24. Batignolles.

PLUTUS

OU

L'ÉGALE RÉPARTITION DES RICHESSES

COMÉDIE EN VERS

TRADUITE D'ARISTOPHANE.

PAR

AMÉDÉE FLEURY.

Mais admettons qu'on puisse à vos vœux satisfaire,
Je vous le prédis, moi, vous n'y gagnerez guère.
(*Plutus*, deuxième partie, scène IV.)

PARIS
LEDOYEN, LIBRAIRE, PALAIS-NATIONAL,
GALERIE D'ORLÉANS, N° 31.

1851

AVERTISSEMENT.

Il y a plusieurs manières de servir son pays et de faire acte de bon citoyen. Ainsi, tandis que le philosophe médite avec une sorte d'effroi sur la plaie sociale qui semble nous menacer, tandis que l'homme d'Etat se préoccupe activement des moyens de la combattre, il a paru à un obscur ami des lettres, qu'il n'était pas inopportun de remettre en lumière et de signaler d'une façon plus spéciale à l'attention du public, en la rééditant sous une forme nouvelle, une ancienne comédie, bien connue sans doute, mais dont l'applicabilité aux idées du jour n'est peut-être pas assez présente à l'esprit du plus grand nombre.

On ne saurait en disconvenir, il est d'une actualité piquante de constater qu'un poëte qui a vécu au sein de l'antique civilisation d'Athènes, que le vieil Aristophane avait aussi pour contemporains, des Louis Blanc, des Proudhon, des Pierre Leroux, et que l'édifice de nos utopistes modernes, quoiqu'il ait la prétention d'être d'hier, croule déjà, tout vermoulu, par sa base, vieux qu'il est de ses quelques deux mille ans de date. Cela est fait pour déconcerter un peu cette foule de cerveaux en travail pour régénérer le monde; mais il faut bien le dire une fois de plus, *il n'y a rien de nouveau sous le soleil.*

Chrémyle, en effet, le principal personnage de la pièce que l'on va lire, est un socialiste pur : trouvant, comme ses confrères d'aujourd'hui, que la société est mal faite, il imagine, comme eux, qu'il n'y a rien de plus simple que de la refaire, et il se met vigoureusement à l'œuvre. Philanthrope autant que pas un d'eux, il argumente avec une sagacité très-convenable, en faveur de l'égale répartition des richesses entre tous les hommes. Mais il a pour interlocuteur une vieille routière, qui s'appelle *la Pauvreté*, et qui lui rétorque ses arguments avec cette admirable verve de bon sens caustique, dont M. Thiers, de nos jours, a retrouvé le secret. Et le bonhomme, quoiqu'il ne se rende pas sur-le-champ à la justesse de ses raisons, est bientôt obligé, par la force des faits, de reconnaître que, pour avoir voulu tout changer à l'ordre établi, les choses n'en vont qu'un peu plus mal. Cette épreuve, dans son mauvais succès, n'est-elle pas déjà d'un bon augure pour le résultat de celle par laquelle certaines gens voudraient nous faire passer, et n'y a-t-il pas lieu d'espérer que, l'opinion publique faisant enfin justice de ces nombreux topiques qu'on lui offre chaque matin pour remédier à un mal irremédiable, nos médecins politiques et économistes se décideront, de guerre lasse, à leur tour, à laisser Plutus chevaucher en aveugle au milieu de nous, comme par le passé, au lieu de s'obstiner à vouloir lui dessiller les yeux, et le faire marcher droit?

En attendant ce triomphe définitif du bon sens sur la déraison, de l'ordre sur l'esprit de désordre, il est dès à présent consolant de penser que la spirituelle société athénienne tomba un jour aussi quelque peu malade de la fièvre du *bien-être universel* qui nous travaille, et que, finissant par en rire à la voix de son poëte, elle n'en continua pas moins à poursuivre sa route dans la vieille ornière encore assez roulante, après tout, de ses traditions, de ses mœurs et de son culte habituels. Il est encourageant, en un mot, pour nous autres champions du progrès *lent* et *insensible*, en lutte avec le progrès *ex abrupto* et révolutionnaire, de voir venir se joindre à notre armée une recrue aussi importante que l'est Aristophane, et de pouvoir compter dans nos rangs, et comme à notre avant-garde, un génie de la trempe du divin comique grec.

L'on croit devoir avertir, d'ailleurs, que bien qu'elle se produise comme une publication de circonstance, la présente traduction n'est point une œuvre faite à la légère et uniquement en vue de la cause qu'elle se propose de servir. Elle veut, au contraire, être lue pour une copie servile de la pièce grecque et pour la représentation aussi littérale que possible des détails de mœurs, des finesses de langage et des allusions historiques du temps. Il en résulte nécessairement çà et là de petites obscurités qui auraient eu peut-être besoin d'être expliquées par quelques notes puisées dans les anciennes scolies ou dans les travaux d'érudition plus ou moins modernes dont le texte d'Aristophane a été l'objet. Mais ces notes eussent risqué de donner à ce petit livre une allure pédante, que ne comportait point le but énoncé ci-dessus. L'éditeur.

comptant, au reste, sur la sagacité de son lecteur, a donc dû les retrancher, et les réserver pour faire partie de la traduction complète du théâtre d'Aristophane, dont il s'occupe actuellement. Quant à l'étrangeté des mœurs d'un peuple et d'une époque déjà séparés de nous par tant de siècles, il semble qu'il n'y ait plus à craindre qu'elle choque ou qu'elle étonne un public désormais si bien initié par les récents ouvrages dramatiques de M. Emile Augier et de quelques autres, où l'on respire, comme à l'état natif, tout le parfum du dialogue antique, et l'atmosphère de la vie intime de l'ancienne société grecque.

Le traducteur a, il est vrai, poussé le scrupule de l'exactitude jusqu'à reproduire les traits grossiers et les impuretés d'expression de l'original, en faisant cependant effort, quand il l'a pu, afin d'adoucir ce que ces passages ont de blessant pour notre goût plus châtié, et pour nos habitudes de réserve. Mais d'autres fois l'équivalent lui a manqué, et il s'est vu contraint, à son corps défendant, de traverser en plein, faute de pouvoir faire le tour, ces sales petites ruelles toutes peuplées d'immondices. Il en demande pardon à ses lecteurs et surtout à ses lectrices, pour qui leurs maris, il l'espère, auront l'attention de plier la page, en vue de leur épargner ces hideuses rencontres, heureusement rares.

Enfin, le traducteur tient à ce que les hellénistes ne prennent pas pour des infidélités ou pour des fautes d'intelligence du texte, deux ou trois endroits qu'il n'a pas entendus de même que les commentateurs et interprètes qui l'ont précédé. Il se croit en mesure de justifier plus tard ces quelques innovations d'interprétation, s'il lui est donné, un jour, de publier dans son entier le travail dont il a été parlé plus haut.

A. F.

PERSONNAGES.

CARION, domestique de Chrémyle.
CHRÉMYLE.
PLUTUS.
CHŒUR DE LABOUREURS.
BLEPSIDÈME, ami de Chrémyle.
LA PAUVRETÉ.
LA FEMME DE CHRÉMYLE.
UN HONNÊTE HOMME, avec son esclave.
UN DÉLATEUR, accompagné de son témoin.
UNE VIEILLE.
UN JEUNE HOMME.
MERCURE.
UN PRÊTRE DE JUPITER.

PLUTUS

OU

L'ÉGALE RÉPARTITION DES RICHESSES

COMÉDIE EN VERS

Traduite d'Aristophane.

PREMIÈRE PARTIE.

SCÈNE I.

CARION, *à part.*

Avoir pour maître un fou qui sans cesse délire,
Je ne sais, foi d'esclave, au monde rien de pire.
Ainsi quel triste sort attend le serviteur !
Vînt-il à proposer le parti le meilleur,
Au lieu de s'y ranger, l'homme qui le possède
Fait fi de ce qu'il dit, trouvant la chose laide...
Quoi ! notre corps n'est point notre propriété !
Un autre, qui l'aura pour peu d'or acheté,

En dispose à son gré !... telle est la destinée.
Sur sa chaise à trois pieds, de clous dorés ornée,
Quels avis donna donc à mon maître Apollon,
Ce médecin-devin, sage pourtant, dit-on?
Je m'en sens, pour ma part, justement en colère :
Car voici qu'il me rend mon homme atrabilaire ;
Aux trousses d'un aveugle il l'attache... et le sot,
Abjurant le bon sens, ne fait rien comme il faut.
A qui voit, de guider celui qui n'y voit goutte.
Lui, court après l'aveugle ; et moi-même, en leur route,
A les suivre il m'astreint, sans me répondre mot.
Me tairai-je? non, non : je veux crier plus haut,

(A Chrémyle.)

Si tu ne me dis pas quel est ce guide étrange
Qu'il nous faut suivre... Allons, parle, ou bien je me venge,
Maître ; car aujourd'hui ton pouvoir est borné :
Ton bâton ne peut rien sur mon front couronné.

CHRÉMYLE.

Ouais! mais si tu poursuis, loin que je te pardonne,
Je reprendrai mes droits, en brisant ta couronne.

CARION.

Tu ris. J'insiste, moi. D'ailleurs c'est pour ton bien...

CHRÉMYLE.

Je vais te satisfaire et ne te cacher rien.
Car, vois-tu, Carion, dans ce qui m'environne,
Je t'aime plus que tous, et ne connais personne

Personne aussi fidèle, aussi... coquin que toi.
Je respecte les dieux, à la vertu j'ai foi,
Et ne fus cependant jamais qu'un pauvre hère.

CARION.

C'est vrai.

CHRÉMYLE.

J'ai toujours vu s'enrichir, au contraire,
Les gens sans foi ni Dieu, les fripons beaux diseurs,
Les intrigants enfin.

CARION.

Que ce sont bien nos mœurs !

CHRÉMYLE.

Je venais donc prier l'oracle qu'il décide,
Non sur moi vieux routier, carquois à peu près vide,
Mais sur mon fils unique : et je voulais savoir
S'il faut, pour réussir, qu'infidèle au devoir,
Il ne soit qu'un vaurien, de tous crimes capable,
Si ce n'est qu'à ce prix qu'il peut être estimable.

CARION.

Et le Dieu chamarré de mille dons divers,
Qu'a-t-il dit?

CHRÉMYLE.

Tu vas voir : en termes assez clairs
Il m'a signifié de saisir au passage,
Pour ne le plus quitter, le premier personnage

Qu'à mon sortir du temple, aviserait mon œil,
Et de faire si bien, par un pressant accueil,
Qu'il me suivît chez moi.

CARION.

L'objet de ta rencontre,
Voyons, où donc est-il?

CHRÉMYLE.

Tiens . mon doigt te le montre.

CARION.

Quoi ! tu ne comprends pas ton oracle, esprit lourd!
Cependant sa réponse a la clarté du jour.
Le Dieu dit : du pays suis la mode actuelle ;
Que le premier venu te serve de modèle
Pour élever ton fils.

CHRÉMYLE.

Mais comment l'entends-tu ?

CARION.

Dans cet oracle, même un aveugle aurait lu
Qu'au temps où nous vivons, rien n'est plus profitable
Que ce qu'en saine éthique on trouve détestable.

CHRÉMYLE.

Impossible qu'un Dieu penche de ce côté.
Son avis de plus haut veut être interprété.
Mais pour que son vrai sens à nos yeux se déploie,
Cet homme pourrait bien nous mettre sur la voie,

En s'ouvrant avec nous, en nous disant son nom,
Dans quel but il nous suit jusqu'à notre maison.

SCÈNE II.

CARION.

Soit : faisons-le jaser. (A Plutus.) Qui donc es-tu, brave hom-
Sur toi vite, avant tout, fixe-nous et te nomme. [me?

PLUTUS.

Ah ! va te promener.

CARION.

Quel nom bizarre il a !

CHRÉMYLE.

C'est pour toi, non pour moi qu'est ce compliment-là.
Aussi d'un ton grossier et dur tu l'interpelles.
Il veut d'honnêtes gens. — Dis comment tu t'appelles,
Pour me complaire alors.

PLUTUS.

Va te promener, va.

CARION.

Tel est l'homme du Dieu ; quel beau présage !

CHRÉMYLE.

Holà,
Ou prends garde à Cérès, l'ami, c'est assez rire.

CARION.

Je te brise les os, si tu ne veux rien dire.

PLUTUS.

Mes amis, laissez-moi.

CHRÉMYLE.

Comment?

CARION.

Le polisson!
Je vais le maugréer de la belle façon.
Laisse-moi faire, maître. — Au bord d'un précipice
Je l'exposerai seul, et veux qu'il y périsse,
En se cassant le cou dans sa chute.

CHRÉMYLE.

Oh! ma foi,
Tiens, je te l'abandonne.

PLUTUS.

Arrêtez.

CARION.

Eh bien, toi,
Parleras-tu?

PLUTUS.

Mais vous, si je me fais connaître,
Vous allez me lier, me malmener peut-être.

CHRÉMYLE.

Nous sommes, je le jure, à ta discrétion.

PLUTUS.

Soit : mais en liberté d'abord laissez-moi donc.

CHRÉMYLE.

T'y voici.

PLUTUS.

Maintenant, puisque, bien qu'il m'en coûte,
Il faut qu'à mon sujet je vous tire de doute,
J'obéis, écoutez : je suis... je suis Plutus.

CHRÉMYLE.

Toi qui ternis l'éclat des plus pures vertus,
Quoi ! Plutus est ton nom, et tu voulais le taire !

CARION.

Plutus sous des habits qui sentent la misère !

CHRÉMYLE.

O Phébus Apollon, ô vous, Démons et Dieux,
O toi, grand Jupiter ! est-il vrai qu'à mes yeux
S'offre aujourd'hui celui que tant de monde estime ?

PLUTUS.

Oui.

CHRÉMYLE.

C'est bien toi, Plutus?

PLUTUS.

Plutus, Plutusissime.

CHRÉMYLE.

Mais d'où viens-tu ? pourquoi cette malpropreté ?

PLUTUS.

Je viens de chez Patrocle, honnête homme crotté,
Qui n'a pas pris un bain depuis qu'il est au monde.

CHRÉMYLE.

Et qui plongea ta vue en cette nuit profonde?

CHRÉMYLE.

L'auteur de tout mon mal, c'est le maître des Dieux,
Du bonheur des humains, certain jour, envieux :
Jeune alors, je n'aimais que l'ordre et la justice,
Aux bons seuls je tenais à me montrer propice ;
Le Dieu, qui pour ceux-ci n'a pas mon sentiment,
Afin de les ravir à mon discernement,
M'aveugla.

CHRÉMYLE.

Cependant seuls le juste et le sage
Rendent à Jupiter un éclatant hommage.

PLUTUS.

Je suis de ton avis.

CHRÉMYLE.

Or, je voudrais savoir,
Si comme auparavant tes yeux pouvaient y voir,
Quel parti tu prendrais. Hanterais-tu le vice?

PLUTUS.

Jamais.

CHRÉMYLE.

Tu reviendrais à ton ancien caprice
Pour les gens vertueux?

PLUTUS.

Si longtemps condamné

A vivre sans les voir !

CHRÉMYLE.

N'en sois pas étonné,
Car pour moi qui vois clair, ils sont fort peu visibles.

PLUTUS.

Lâchez-moi maintenant et montrez-vous sensibles
A mes concessions pour votre volonté :
Car sur moi, désormais, je vous ai tout conté.

CHRÉMYLE.

De toi me séparer ! j'y tiens bien davantage.

PLUTUS.

N'avais-je pas raison de prévoir cet outrage?

CHRÉMYLE.

Oui, si tu le permets, ici je te combats.
Cède à mes vœux, ami, ne m'abandonne pas.
Expliquons-nous un peu : que te faut-il, en somme,
Qui ne se trouve en moi? car pour être honnête homme,
Certes nul ne me vaut. Cherche ailleurs ; mais en vain.

PLUTUS.

Chacun en dit autant. Puis, ont-ils dans leur main
Ma personne et mon or ? bientôt la jouissance
Fait chez mes suppliants déborder l'insolence.

CHRÉMYLE.

Bien des gens font ainsi. Mais tous sont-ils pervers?

PLUTUS.

Non, pas tous, si tu veux ; mais, au moins... les trois tiers.

CARION.

Va, tu nous le paieras.

CHRÉMYLE.

Sens-tu les avantages,
— A rester avec nous pourvu que tu t'engages, —
Qui vont s'offrir à toi? cela vaut d'y songer ·
J'espère, si les Dieux daignent nous protéger,
J'espère dissiper les humeurs de ta vue,
Et ferai tant qu'enfin elle te soit rendue.

PLUTUS.

Merci de ton cadeau ; mais je n'y veux plus voir.

CHRÉMYLE.

Quoi ?

CARION.

Cet homme est vraiment né pour ne rien avoir !

PLUTUS.

Jusques à Jupiter si cette impertinence
Transpirait, je sais trop que m'attend sa vengeance.

CHRÉMYLE.

Mais ne commet-il pas aussi le même écart,
Lui qui te laisse errer, trébucher au hasard ?

PLUTUS.

Je ne sais : mais son nom me pénètre de crainte.

CHRÉMYLE.

Vrai ? Dieu lâche, tu crois que sa poignante étreinte,

Que sa foudre qui miaule, envers toi vont sévir,
Si tes yeux un moment venaient à se rouvrir ?

PLUTUS.

Ah ! tais-toi, malheureux !

CHRÉMYLE.

Non, non, laisse-moi dire :
Si Jupiter est grand, bien autre est ton empire.

PLUTUS.

Tu voudrais me convaincre ?

CHRÉMYLE.

Oui, j'atteste les Cieux...
Par quel moyen sur nous règne le Dieu des Dieux ?

CARION.

Il règne par l'argent ; il en a plein son coffre.

CHRÉMYLE.

D'où lui vient tant d'argent ?

CARION, *montrant Plutus.*

De lui.

CHRÉMYLE.

Ces dons qu'on offre
Dans leurs temples aux Dieux...

CARION, *désignant encore Plutus.*

En voici l'élément.
La prière s'adresse à l'or directement.

CHRÉMYLE.

Aux autels c'est donc lui qui fait que l'on s'empresse !

Tout cela cesserait, s'il le voulait!

PLUTUS.

Quoi? qu'est-ce?

CHRÉMYLE.

Je dis qu'on n'offre plus de gâteaux, ni de bœufs,
Ni d'autres dons sacrés qu'autant que tu le veux.

PLUTUS.

Comment?

CHRÉMYLE.

Comment?—Eh! oui, comment hors ta présence,
Si tu ne pourvois pas toi-même à la dépense,
Honorer Jupiter? Ainsi donc sa grandeur,
Tout seul tu peux l'abattre, en un moment d'humeur.

PLUTUS.

C'est à moi qu'il devrait d'avoir des sacrifices!

CHRÉMYLE.

Justement. Ici-bas ce qui fait nos délices,
Ce qui brille à nos yeux, ce qui charme nos sens,
Par toi seul nous arrive. A l'or obéissants
On voit tous les plaisirs affluer chez le riche.

CARION.

Si le sort envers moi d'or eût été moins chiche,
Je ne servirais pas.

CHRÉMYLE.

Dans Corinthe, à leur tour,
Les femmes ne font part de leur facile amour

Qu'à celui-là, dit-on, qui largement les paie.
C'est en vain que le pauvre à leur plaire s'essaie.

CARION.

De même un mignon cède à l'appât de l'argent,
Quand il cède aux désirs d'un patron exigeant.

CHRÉMYLE.

Ainsi fait l'impudent. Mais un amour honnête
Ne saurait consentir qu'à prix d'or on l'achète.

CARION.

Eh bien, donc...

CHRÉMYLE.

Si du moins, au lieu du vil métal,
Tu disais de bons chiens, ou bien un beau cheval.

CARION.

D'aimer pour de l'argent, soit, je veux qu'il rougisse.
C'est, sous un autre nom, toujours lemême vice.

CHRÉMYLE.

Puis, est-il un métier que nous ne te devions,
Plutus? à toi nos arts, nos mille inventions.
Tu fais l'un — cordonnier, assis dans sa boutique.

CARION.

Un autre forgeron; un troisième s'applique
A travailler le bois.

CHRÉMYLE.

Au creuset l'autre fond,
Pour le purifier, l'or dont tu lui fis don.

CARION.

L'un franchit, pour voler, un mur qu'il bat en brèche ;
L'autre est voleur d'habits.

CHRÉMYLE.

Là, des peaux, mèche à mèche,
Nous épluchons la laine.

CARION.

Ici, nous la teignons.

CHRÉMYLE.

Tel prépare le cuir ; tel est marchand d'oignons.

CARION.

L'adultère surpris t'adresse sa requête,
De peur d'être épilé : sans toi, gare à sa tête !

PLUTUS.

Hélas ! que de métiers inconnus autrefois !

CARION.

Le Roi Mède, par lui, se croit le roi des rois.

CHRÉMYLE.

Combien de voix de moins, sans lui, dans l'assemblée !

CARION.

Cette galère, d'or c'est lui qui l'a comblée.

CHRÉMYLE.

Dans l'isthme nos soldats resteraient-ils, sans lui?

CARION.

Pour lui, Pamphile pleure, et son bonheur a fui.

CHRÉMYLE.

Pour lui, Belonopole est triste avec Pamphile.

CARION.

Agyrrius, pour lui, laisse éclater sa bile.

CHRÉMYLE.

Pour lui, Philepsius est devenu conteur.

CARION.

Nos luttes sur le Nil, quel autre en est l'auteur?

CHRÉMYLE.

Pour lui Laïs subit l'amour de Philonide.

CARION.

La tour de Timothée...

CHRÉMYLE.

Interrupteur stupide!
Eh bien, qu'elle t'écrase! — En ce monde aucun fait,
De ton autorité qui ne soit un effet.
Tout arrive, biens, maux, par ta seule influence :
N'en as-tu pas toi-même en toi la conscience?

CARION.

Les guerriers au combat sont bien sûrs d'être heureux,
S'il plante seulement sa tente au milieu d'eux.

PLUTUS.

Comment, à moi tout seul, j'aurais tant de puissance!

CHRÉMYLE.

Oui certes : j'en ai dit bien moins que je n'en pense,

Ami! tels sont tes dons que la satiété
Ne refroidit jamais quiconque en a goûté.
Toute autre jouissance, en peu d'instants, sature ;
Ainsi l'amour, les arts,

CARION.

Le pain, la confiture,

CHRÉMYLE.

La gloire,

CARION.

Les gâteaux, les figues,

CHRÉMYLE.

La valeur,
Goût du commandement, ambitieuse ardeur,

CARION.

Lentilles, massepains.

CHRÉMYLE.

Qui jamais au contraire
De toi s'est trouvé las? Tel homme à qui son père
Légua treize talents, pour content ne se tient
Que s'il en avait seize : à ce taux s'il parvient,
Ce n'est plus là son compte; il en faudrait quarante :
« Vivre avec moins, dit-il, en sa fièvre croissante,
« Impossible! »

PLUTUS.

Bien dit, vraiment, à mon avis :
Mais peut-être en un point vous êtes-vous mépris.

CHRÉMYLE.

En quel point, je te prie?

PLUTUS.

Au degré de puissance
Que vous m'attribuez, je suis en défiance
Si j'atteindrai jamais.

CHRÉMYLE.

Au nom de Jupiter!
Je pense, en te voyant de toi-même douter,
Qu'à propos de Plutus l'opinion commune
Est qu'il est fort timide.

PLUTUS.

Erreur, qu'en sa rancune
Propagea contre moi certain voleur de nuit!
Un soir, en mon logis ce voleur s'introduit :
Mais, trouvant tout scellé, force est de ne rien prendre.
Et pour avoir prévu qu'on pourrait me surprendre,
De ce jour, il se venge en m'appelant poltron.

CHRÉMYLE.

Ça donc, laisse-moi faire à présent, cher Patron :
Si tu viens seulement en aide à ma pensée,
Tes yeux verront plus clair que les yeux de Lyncée.

PLUTUS.

Comment, simple mortel, peux-tu me faire voir?

CHRÉMYLE.

La réponse du Dieu me donne cet espoir :

Des chocs de son laurier je tire bon augure.

PLUTUS.

D'Apollon c'est aussi l'avis?

CHRÉMYLE.

Oui, je t'assure.

PLUTUS.

Prenez bien garde.

CHRÉMYLE.

Allons, cesse de redouter;
Car mon dessein, vois-tu, j'entends l'exécuter,
Quand je devrais courir le risque de ma vie.

CARION.

Moi-même, si tu veux, je suis de la partie.

CHRÉMYLE.

Mais j'aurai, pour mener mon œuvre à bonne fin,
Bien d'autres gens encor... tout ce qui meurt de faim
Pour croire à la vertu...

PLUTUS.

Voilà de pauvres aides,
En vérité!

CHRÉMYLE.

Pourtant, à leurs vœux si tu cèdes
En les enrichissant, compte sur leur concours.

(A Carion.)

Çà, toi, va les chercher, pars au plus vite, et cours.

CARION.

Et de quoi s'agit-il, dis-moi.

CHRÉMYLE.

Dans la campagne
Où chacun songe au pain que tristement il gagne,
Va trouver nos amis, comme nous, laboureurs :
Fais-les venir; dis-leur qu'ici de ses faveurs
Plutus doit entre nous faire un égal partage.

CARION.

Bon. J'y vais de ce pas. Mais qui donc me soulage
De ce fardeau de viande et le porte au logis?

CHRÉMYLE.

Donne, donne; au plus tôt, selon mon ordre agis.
Mais toi, de tous les Dieux, pour nous le plus utile,
Entre en cette maison, car c'est mon domicile,
O Plutus! aujourd'hui comble-la de trésors,
A l'équité dût-il en coûter des efforts.

PLUTUS.

Dans la maison d'autrui quand parfois l'on m'entraîne,
J'en atteste les Dieux, c'est toujours avec peine
Que je me laisse faire. En effet, rien de bon
Jamais ne s'ensuivit pour moi. M'introduit-on
Chez un hôte économe? il m'enfouit sous terre :
Puis, s'il vient un ami quêter pour sa misère
Quelques pièces d'argent, lui, d'un ton résolu,
Répond qu'il n'en a point, qu'il ne m'a jamais vu.

Ou bien est-ce l'amour, ou le jeu qui l'emporte
Dans l'esprit de mon homme? Il me jette à la porte,
Après m'avoir tout pris, et cela n'est pas long.

CHRÉMYLE.

Tu n'as donc jamais eu qu'un fou pour compagnon?
Ici tu tombes mieux : plus réglée est ma vie;
Et si, comme pas un, j'aime l'économie,
Je sais, quand il le faut, dépenser. — Entrons donc.
Pour ma femme et mon fils c'est un précieux don
Que d'être admis à faire avec toi connaissance...
Pour mon unique fils j'invoque ta présence,
Lui que j'aime, après toi, plus que tous.

PLUTUS.

Je me rends.

CHRÉMYLE.

Pourquoi d'autres sont-ils avec toi si peu francs?...

LE CHŒUR.

(*Passage en lacune.*)

DEUXIÈME PARTIE.

SCÈNE I.

CARION.

O vous, chers habitants de notre bourg champêtre,
Vous, nourris du même ail qui nourrit votre maître,
Vous, amis du labeur, allons, à vous presser
La tâche vous convie, et de tergiverser
Il n'est plus temps. D'agir à présent voici l'heure :
Gare à qui, sans voler à notre aide, demeure !

LE CHOEUR.

Ah ! depuis trop longtemps déjà nous nous hâtons.
Pouvons-nous faire mieux, nous autres vieux barbons ?
Puis, tu veux que je coure, avant même peut-être
Que je sache pourquoi m'appelle notre maître.

CARION.

Je te l'ai dit cent fois, mais tu n'écoutes rien.
Il veut que, pour nous tous, le mal se change en bien ;
Pour nous, plus de soucis, ni pénible existence.

LE CHOEUR.

Il le dit. Mais comment nous viendra cette chance?

CARION.

O sottes gens! — Il rentre ayant à son côté
Un vieillard rabougri, tiré, chauve, édenté,
Malpropre, misérable, et, ma foi, je soupçonne
Quelque peu circoncis.

LE CHOEUR.

Voilà ce qu'il nous donne
Pour un avenir d'or! voyons : répète encor
Ce que tu viens de dire : ainsi c'est un trésor,
Si je t'ai bien compris, que notre maître apporte.

CARION.

Un trésor décrépit... de maux de toute sorte.

LE CHOEUR.

Ah! tu crois te jouer impunément de nous.
J'ai mon bâton en main et tu nargues ses coups!

CARION.

Aussi vous prétendez toujours que je plaisante,
Et qu'en tous mes discours la raison est absente.

LE CHOEUR.

Le pendard fait le grave. — Impudent goguenard,
Tu veux, je le vois bien, recevoir quelque part...
Les caresses du cuir avec les étrivières.

CARION.

Au moment de descendre aux demeures dernières,

Le sort, de nous juger, te donne mission,
Et tu n'avances pas ! Mais cependant Caron,
De ta magistrature en main tenant l'insigne,
S'apprête à le glisser dans ta main qui rechigne.

LE CHOEUR.

Peste soit du maraud ! Quel sot esprit moqueur
Le Ciel t'a départi ! quelle bizarre humeur !
Enfin jusqu'à présent tu n'as pas su nous dire
Ce que nous veut ton maître. A tout ce qu'il désire
Ici nous sommes prêts ; mais nous qui travaillons
Sans trêve ni loisirs, que si de nos oignons
La récolte pour nous vient d'être abandonnée,
Nous n'ayons pas au moins perdu notre journée !

CARION.

Eh bien ! je ne veux plus, amis, vous rien cacher.
L'homme à qui vient mon maître ainsi de s'attacher,
C'est Plutus, dont la main d'or pour vous tous est pleine.

LE CHOEUR.

Nous tous riches, vraiment ? Non, illusion vaine !

CARION.

A vous l'oreille d'âne, ô mes Midas !

LE CHOEUR.

Je veux,
Si tu dis vrai, danser, tant je me sens heureux.

CARION. (*Il fait semblant de jouer de la cithare.*)
Moi je ferai *trim, trim,* ainsi que le cyclope.
Ça donc, que sous mon luth chacun de vous galope
Et se porte en avant ! Allons, mes petits choux,
Béliers, bêlants moutons, suivez, ébattez-vous,
Bouc, chèvre, à qui mieux mieux ! Mêlez chants et gambades.

LE CHOEUR, *chantant et dansant.*
Aux *trim, trim* de ton luth répondent par roulades
Nos tendres bêlements, mon cyclope crasseux,
Besacier tout bourré de légumes venteux !
Mais que va devenir le troupeau qu'il ramène ?
Il trébuche ; voyez, de vin sa panse est pleine ;
Il va dans quelque coin s'endormir. Nous d'un pieu
Que nous aurons d'abord fait charbonner au feu,
Il faut lui crever l'œil, comme autrefois Ulysse.

CARION.
Moi, je suis en tout point Circé dont l'artifice
Excelle à mélanger ensemble des poisons,
Elle qui sut pousser, par d'habiles raisons,
Philonide et les siens, dans Corinthe naguère,
(Vrais pourceaux !) à manger, et non sans s'y complaire,
Un gâteau d'excréments qu'avait pétri sa main...
Vous aussi, francs cochons, allez votre chemin
Où Circé vous appelle, et tous grognez de joie !

LE CHOEUR.
Circé l'empoisonneuse ! Elle dont l'art s'emploie

A crotter jusqu'au bec ses pauvres compagnons...
C'est toi ! Circé ! Pour elle, eh bien, nous te prenons,
Et nous te suspendons par où je n'ose dire ;
Car puisque tu le veux, nous sommes prêts à rire.
Puis, d'un certain enduit nous allons te musquer.
De nous alors, franc bouc, tu pourras te moquer
Et t'écrier, vers nous en tournant ta prunelle :
« Allez, mes francs cochons, où Circé vous appelle ! »

CARION.

C'est assez plaisanter. Passons à d'autres jeux.
Pour commencer (après, l'ouvrage en ira mieux ·)
Je veux, chemin faisant, à mon maître, en cachette,
Soustraire un peu de pain et de viande une miette.

SCÈNE II.

CHRÉMYLE.

La formule est usée, et bien rance est le tour :
Mais c'est égal, amis, je vous dis le bonjour.
D'un cordial accueil je ne puis me défendre,
Vers moi quand je vous vois empressés à vous rendre,
Me témoigner ainsi tant de zèle et d'ardeur.
Je compte ailleurs encor sur cette bonne humeur :
A ce Dieu, notamment, prêtez ferme assistance.

LE CHOEUR.

De Mars tu me verrais affronter la présence.
Ne crains rien ; dans la rue on voit, à chaque instant,
Des gens pour une obole entre eux se disputant ;
Et moi qui, par ton ordre, ai Plutus à défendre,
Je ne rougirais pas de me le laisser prendre !

CHRÉMYLE.

Mais voici Blepsidême, à son empressement,
A son pas, je le vois, il sait l'événement.

SCÈNE III.

BLEPSIDÊME.

Et qu'est-ce donc ? Comment, et par quelle prouesse
Chrémyle a-t-il atteint si vite à la richesse ?
Je ne m'en rends pas compte, et les barbiers en vain
Amusent leurs oisifs de ce bonheur soudain ;
J'en doute encor. Surtout une chose m'étonne,
C'est de le voir, chez lui, quand sa fortune est bonne,
Pour leur en faire part, appeler ses amis.
Un pareil procédé n'est point de ce pays.

CHRÉMYLE.

Oui, de par tous les Dieux (pourquoi te le tairai-je ?),
D'aujourd'hui, Blepsidême, un doux sort me protége ;
Et je vais avec toi pouvoir le partager,
Car entre mes amis je tiens à te ranger.

BLEPIDÊME.

Ainsi te voilà riche, et l'histoire était vraie...

CHRÉMYLE.

Je le serai bientôt, pourvu qu'un Dieu m'étaie
Car, avant d'arriver, mon pied pourrait glisser

BLEPSIDÈME.

Et quel est ce danger?

CHRÉMYLE.

Celui...

BLEPSIDÊME.

De commencer
Un mot sans l'achever, ce n'était pas la peine.

CHRÉMYLE.

Un peu de savoir-faire, et ma chance est certaine;
Mais, si mal je m'engage, alors tout est perdu.

BLEPSIDÊME.

Ton fardeau, ce me semble, à porter est ardu,
Et j'en espère peu... Tiens, s'enrichir si vite
Pour craindre encore, après, quelque mauvaise suite,
Est, si je ne me trompe, un calcul insensé.

CHRÉMYLE.

Insensé! que dis-tu?

BLEPSIDÊME.

Le mot n'est point forcé,
Si cet or, que ta main de l'oracle rapporte,
Tu l'obtins par un vol que le remords escorte.

CHRÉMYLE.

Moi, Dieu préservateur, Apollon ! non, jamais.

BLEPSIDÊME.

Laisse les vains serments, vois-tu ; je m'y connais.

CHRÉMYLE.

Je n'entends pas qu'ainsi de vol on me soupçonne.

BLEPSIDÊME.

Quoi ! tout le monde, hélas ! plus ou moins déraisonne !
Pas un qui ne succombe à l'appât de l'argent !

CHRÉMYLE.

L'état de ta raison est-il moins affligeant ?

BLEPSIDÊME.

Comme il est déjà loin de sa vertu native !

CHRÉMYLE.

Par ma foi, je te trouve, ami, l'humeur bien vive.

BLEPSIDÊME.

Rien n'arrête, voyez, son regard effronté ;
Le vice est clairement par son air attesté.

CHRÉMYLE.

Ah ! je sais trop pourquoi tu me cherches dispute :
Tu veux ta part du vol que ta fureur m'impute.

BLEPSIDÊME.

Moi, partager tes vols !

CHRÉMYLE.

Mais, encore une fois,
Je suis loin, Dieu merci, d'être ce que tu crois.

BLEPSIDÈME.

Tu n'as pas volé? soit. Non, tu n'as fait que prendre.

CHRÉMYLE.

A cet excès d'insulte oses-tu bien descendre?

BLEPSIDÈME.

Mais à personne enfin, vraiment n'as-tu fait tort ?

CHRÉMYLE.

Jamais.

BLEPSIDÈME.

Dieux! comment faire? On tente maint effort
Pour lui faire avouer sa faute, il s'y refuse.

CHRÉMYLE.

Sans entendre les gens, honte à qui les accuse!

BLEPSIDÈME.

Écoute : avant qu'en ville on sache ton méfait,
Sans trop de frais, je veux en prévenir l'effet ;
Et nos braillards tairont ta conduite assez louche,
Pour peu qu'avec de l'or on leur ferme la bouche.

CHRÉMYLE.

Serais-tu de ces gens dont la cupidité
Se fait rembourser dix, pour un qu'ils ont prêté?

BLEPSIDÈME.

Je m'imagine voir déjà devant le juge
Mari, femme, enfant, tous demandant un refuge
A sa pitié du moins, tels que dans son tableau
Philonide nous peint les Héraclides.

CHRÉMYLE.

Oh!
Arrête enfin les flots de ta bile insolente.
On va voir à quel point ma vie est innocente,
Moi qui ne veux chercher que des hommes de cœur,
Au sens honnête et droit, pour faire leur bonheur
En les enrichissant!

BLEPSIDÊME.

Que dis-tu là? Qu'entends-je?
Tes vols s'élèveraient à ce total étrange!

CHRÉMYLE.

Tu me mets au supplice avec tous tes soupçons.

BLEPSIDÊME.

Toi-même y cours plutôt par tes exactions.

CHRÉMYLE.

Mais puisque j'ai Plutus sous ma maîn, imbécile.

BLEPSIDÊME.

Comment! Plutus serait dans les mains de Chrémyle!...
Mais quel Plutus?

CHRÉMYLE.

Le dieu Plutus lui-même.

BLEPSIDÊME.

Lui!
Où donc?

CHRÉMYLE.

Là.

BLEPSIDÊME.

Sot, où là?

CHRÉMYLE.

Chez moi.

BLEPSIDÊME.

Chez toi!

CHRÉMYLE.

Mais oui.

BLEPSIDÊME.

Quoi, pâture à corbeau, Plutus dans ta demeure!

CHRÉMYLE.

J'en atteste les Dieux.

BLEPSIDÊME.

Tu dis vrai?

CHRÉMYLE.

Que je meure
Si je te trompe!

BLEPSIDÊME.

Vrai, par Vesta?

CHRÉMYLE.

Veux-tu mieux?
Par Neptune.

BLEPSIDÊME.

Lequel? le marin?

CHRÉMYLE.

S'ils sont deux,

J'atteste l'autre aussi.

BLEPSIDÊME.

Mais de ton opulence
Ne fais-tu pas jouir tes amis ?

CHRÉMYLE.

Patience !
Nous n'en sommes pas là.

BLEPSIDÊME.

Comment donc, tu prétends
Que d'avoir notre part il n'est pas encor temps ?

CHRÉMYLE.

Sans doute. Il faut d'abord...

BLEPSIDÊME.

Quoi ?

CHRÉMYLE.

Lui rendre la vue.

BLEPSIDÊME.

Rendre la vue à qui ? dis.

CHRÉMYLE.

Plutus l'a perdue ;
Et je veux qu'il y voie aussi bien que jadis.

BLEPSIDÊME.

Est-il vraiment aveugle ?

CHRÉMYLE.

Oui, comme je le dis.

BLEPSIDÈME.

Voilà pourquoi je n'ai jamais eu sa visite.

CHRÉMYLE.

Avec l'aide des Dieux, ton tour viendra bien vite.

BLEPSIDÈME.

D'un médecin alors il te faut le secours.

CHRÉMYLE.

Un médecin ! en ville on n'en a pas toujours ;
Car ils meurent de faim tous, faute de science.

BLEPSIDÈME.

Cherchons.

CHRÉMYLE.

Leur race est morte.

BLEPSIDÈME.

Avec toi, je le pense.

CHRÉMYLE.

C'est trop vrai. Mais je crois, à force de chercher,
Qu'au temple d'Esculape en le faisant coucher,
J'assure à mon projet la chance la meilleure.

BLEPSIDÈME.

Oui, c'est juste, pardieu ! Fais donc vite, et sur l'heure
Accomplis ton dessein.

CHRÉMYLE.

Tiens, j'y vais de ce pas.

BLEPSIDÈME.

Cours de toute ta force.

CHRÉMYLE.

Eh ! ne le fais-je pas?

SCÈNE IV.

LA PAUVRETÉ.

O maudits garnements ! dites, qu'osez-vous faire !
C'est impie, illégal, autant que téméraire.
Mais où donc et pourquoi fuyez-vous? arrêtez.

BLEPSIDÊME.

A nous, Hercule ! à nous.

LA PAUVRETÉ.

Oui, car vous méritez
D'être voués tous deux au dernier des supplices,
Pour l'impudent forfait dont vous êtes complices.
Jamais chez les humains, ni même chez les Dieux
On n'avait encor vu ce crime audacieux.
Aussi, malheur à vous !

CHRÉMYLE.

Qui donc es-tu toi-même?
Et que veux-tu nous dire avec ta face blême?

BLEPSIDÊME.

Peut-être est-ce Erinnys? examine ses yeux :
Vois ce regard tragique et même furieux.

CHRÉMYLE.

Il lui manque la torche.

BLEPSIDÈME.

Écoute : elle sanglote.

LA PAUVRETÉ.

Pour qui me prenez-vous?

CHRÉMYLE.

Hôtesse de gargote,
Ou bien marchande d'œufs : après nous, autrement,
Pourquoi, sans nulle offense, un tel emportement?

LA PAUVRETÉ.

Vous trouvez? mais aussi vit-on procédé pire?
Quoi! prétendre en tous lieux renverser mon empire!

CHRÉMYLE.

Eh bien! va-t'en régner au fond du gouffre noir...
Mais à qui parlons-nous? c'est ce qu'il faut savoir.

LA PAUVRETÉ.

Aujourd'hui, pas plus tard, vous subirez la peine
De vouloir de mes mains tirer l'espèce humaine.

BLEPSIDÈME.

C'est elle qui tout près tient échoppe, je crois.
Et qui me vend souvent sa denrée à faux poids.

LA PAUVRETÉ.

Je suis la Pauvreté : n'es-tu pas mon confrère?

BLEPSIDÈME.

Où fuir, maître Apollon? où?... Dieux que je révère!

CHRÉMYLE.

Eh! que fais-tu donc, l'autre? Ah! l'animal peureux!
Reste, allons.

BLEPSIDÊME.

Pas du tout.

CHRÉMYLE.

Reste : il serait honteux
A deux hommes de fuir à l'aspect d'une femme.

BLEPSIDÊME.

Mais n'est-ce pas aussi, mon cher, un monstre infâme
Que la Pauvreté? Dis, connais-tu rien de pis?

CHRÉMYLE.

Arrête, je t'en prie, arrête.

BLEPSIDÊME.

Je ne puis.

CHRÉMYLE.

Oui, ce serait, te dis-je, un acte abominable
Et de tous les méfaits le plus impardonnable,
Que de laisser le Dieu seul avec celle-ci,
Au lieu de la combattre, en demeurant ici.

BLEPSIDÊME.

Mais, pour combattre, il faut s'affubler d'une armure.
Et quel fer n'est terni par son haleine impure?
Est-il une cuirasse, est-il un bouclier
Que cette horrible femme ait omis de souiller,
En en faisant son gage?

CHRÉMYLE.

Allons, cesse de craindre.
Je ne puis en douter, le Dieu saura l'atteindre ;
Sous son bras seul, bien vite elle va reculer.

LA PAUVRETÉ.

Misérables pendards, quoi ! vous osez souffler,
Vous que je viens de prendre en flagrant maléfice ?

CHRÉMYLE.

Misérable toi-même et digne du supplice,
Toi qui, sans qu'on t'insulte, en termes insolents
Viens de nous accoster !

LA PAUVRETÉ.

L'insulte est dans vos plans
En faveur de Plutus, pour lui rendre la vue.

CHRÉMYLE.

De biens l'humanité par nous sera pourvue,
Et c'est là t'insulter?

LA PAUVRETÉ.

De quels biens?

CHRÉMYLE.

Premier bien :
De te chasser de Grèce on trouvera moyen.

LA PAUVRETÉ.

Me chasser, malheureux! Pour la race mortelle
Il n'est pas, croyez-le, d'épreuve plus cruelle.

CHRÉMYLE.

Le plus cruel serait, au point de commencer,
D'oublier nos projets et de les délaisser.

LA PAUVRETÉ.

Sur tout cela, voyons, il est bon de s'entendre,
Et je tiens à vous faire à tous deux bien comprendre
Que l'on ne doit qu'à moi tous les biens d'ici-bas,
Que les hommes enfin, sans moi ne vivraient pas.
Du reste, à mon avis si je ne vous amène,
A vos décisions je me soumets.

CHRÉMYLE.

Vilaine.
Oses-tu bien tenir un semblable propos ?

LA PAUVRETÉ.

Laisse-moi t'en donner les motifs principaux :
Je n'aurai pas de peine à te prouver, je pense,
Combien est insensé ton rêve d'opulence
Pour les honnêtes gens.

CHRÉMYLE.

Si nous ne la battons,
C'est fait de nous. Holà! baguettes et bâtons!

LA PAUVRETÉ.

Écoute-moi d'abord; puis tu pourras te plaindre.

BLEPSIDÊME.

« Ne criez pas », dis-tu ; mais peut-on se contraindre
Devant un tel langage ?

LA PAUVRETÉ.

Allons, vous êtes fous.

CHRÉMYLE.

A quel châtiment donc te condamnerons-nous,
Si tu ne nous convaincs?

LA PAUVRETÉ.

Je vous laisserai faire.

CHRÉMYLE.

A la bonne heure.

LA PAUVRETÉ.

Et vous, à moi-même, au contraire,
Il faudra bien céder, sur vous si j'ai raison.

BLEPSIDÈME.

Eh bien ! mourir vingt fois sera la sanction.

CHRÉMYLE.

Pour elle, oui. Mais pour nous, ma foi, c'est assez d'une.

LA PAUVRETÉ.

Puisque vous le voulez, telle est votre infortune,
Et vous la subirez. Qu'avez-vous, en effet,
A m'opposer de bon? Pas un mot, pas un fait

LE CHOEUR.

A ses raisons, amis, pourquoi ne pas répondre?
Par de bons arguments il faudrait la confondre.
Allons, point de mollesse.

CHRÉMYLE.

Ou je me trompe fort,

Ou sur ce point si clair tout le monde est d'accord,
Savoir : que le bonheur est un droit pour le sage,
Tandis que l'opposé doit être le partage
De la perversité. Vers ce but aspirant,
A force d'y songer, un dessein noble et grand
Dont à tous les instants l'humanité réclame
Pour ses maux le bienfait, — s'empare de notre âme ;
Nous voulons que Plutus désormais puisse y voir,
Et, cessant d'être aveugle, aille dans leur manoir,
Pour ne plus les quitter, aux bons rendre visite
Et de chez les méchants prenne à jamais la fuite ;
Que piété, richesse, opulence et vertu
Ainsi ne fassent qu'un à l'avenir. Crois-tu
Qu'on puisse trouver mieux pour le bonheur du monde?

BLEPSIDÈME.

Non, rien. Mais n'attends pas que celle-ci réponde.
C'est moi qui de ton dire atteste la bonté.

CHRÉMYLE.

Tout ne semble-t-il pas folie, iniquité,
Quand on voit comment vont les choses de la vie?
L'homme pour s'enrichir du droit chemin dévie,
Et l'or, le plus souvent, est mal acquis. Les bons
Souffrant, mourant de faim, sont tous tes compagnons.

LE CHOEUR, *à la Pauvreté.*

Si Plutus y voit clair, toi, gare à la déroute!
Car d'un bel avenir il nous ouvre la route.

LA PAUVRETÉ.

Vraiment, vous êtes nés, mes deux vieux radoteurs,
Pour croire aux songes creux, aux vains mots des rhéteurs.
Mais admettons qu'on puisse à vos vœux satisfaire,
Je vous le prédis, moi, vous n'y gagnerez guère :
Car si Plutus y voit, et si dans ses faveurs
Il est pour tous égal, désormais aux labeurs
D'un art ou d'un métier personne ne se plie.
Quand vous aurez ainsi tari toute industrie,
Qui forgera, coudra, bâtira, tournera,
Apprêtera le cuir, ou bien le taillera,
Fera durcir la brique, et brisera la terre
Pour en tirer le pain? Du jour que ne rien faire
Sera loisible à tous, voyez ce qui s'ensuit.

CHRÉMYLE.

Ta raison déraisonne, et ce qu'elle déduit
D'inconséquent chez nous, — un valet, un esclave
Sauront y suppléer.

LA PAUVRETÉ.

Mais c'est là qu'est l'entrave :
Des esclaves ! Comment crois-tu donc en avoir?

CHRÉMYLE.

Eh ! j'en achèterai.

LA PAUVRETÉ.

D'abord il faut savoir

Si tu trouves des gens qui veuillent te les vendre,
Car tous ayant du bien, n'ont plus rien à prétendre.

CHRÉMYLE.

La Thessalie abonde en ces sortes de gens
Qu'elle nous enverra par d'avides marchands.

LA PAUVRETÉ.

Mais nul absolument, sous une loi si fausse,
Ne se peut désormais prêter à ce négoce.
Eh! qui donc, s'il est riche, en exposant ses jours,
A ce triste moyen voudrait avoir recours?
C'est alors que, forcé, par ton nouveau système,
De labourer ton champ, de le bêcher toi-même,
Bientôt las de subir un sort si rigoureux,
Tu sentiras combien celui-ci valait mieux.

CHRÉMYLE.

O maudite cervelle!

LA PAUVRETÉ.

A ce lit mol et tendre
Renonce; on n'en fait plus. A terre il faut s'étendre.
Les tissus, les tapis sont de même inconnus,
Dès que l'or et l'argent partout sont répandus.
Plus d'éclatants habits qu'avec art le doigt couse,
Ni liquides parfums pour en oindre l'épouse.
Or à quoi bon l'argent, dès que tout fait défaut?
En abondance, moi, j'ai tout ce qu'il vous faut:

Car mon sceptre appuyé sur le dos du manœuvre
Lui fait sentir son poids, s'il n'accomplit son œuvre,
Et contraint la paresse à mourir de besoin.

CHRÉMYLE.

Quoi! l'homme te devrait, à toi, quelque doux soin!
Et lequel, excepté des bains noirs de vermine,
Des enfants affamés, des beautés en ruine?
Piqûres de cousins, de puces à foison
Près de l'oreille en chœur chantant cette chanson :
« Tu vas crever de faim, allons, debout et veille. »
Outre ce mal cuisant, qui jamais ne sommeille,
L'homme te doit d'avoir pour habit un chiffon;
Avec mainte punaise, une natte de jonc
Pour l'aider à dormir; — du foin rance en litière
A défaut de tapis; sous sa tête une pierre
En guise de coussin ; — et pour pain, à manger
Quelques graines de mauve, avec un mets léger
Fait de feuilles de rave, en forme de galette ;
Un couvercle cassé de cruche pour sellette,
Et pour cabane enfin, un morceau de tonneau,
Encor est-il fêlé. Voilà plus d'un cadeau,
J'espère, et des plus beaux, dont l'homme est redevable
A ta rare bonté.

LA PAUVRETÉ.

Ce portrait lamentable
Ne me regarde pas, c'est le portrait des gueux.

CHRÉMYLE.

Pauvreté, gueuserie, hélas! sont toutes deux,
Selon nous du moins, sœurs.

LA PAUVRETÉ.

O couple ridicule,
Qui trouve que Denys ressemble à Thrasybule!
Quant à moi, je proteste au nom de Jupiter,
Que je n'ai, ni n'aurai jamais un pareil air.
C'est celui qui n'a rien que vous venez de peindre :
Mais le pauvre, mon hôte, est beaucoup moins à plaindre;
Il vit de peu, faisant du travail son soutien,
Et, s'il n'a rien de trop, il ne lui manque rien.

CHRÉMYLE.

O Cérès! elle appelle une heureuse existence
Travailler tant qu'on peut, épargner la dépense,
Et laisser tout au plus pour se faire enterrer!

LA PAUVRETÉ.

Des comiques je vois que tu sais t'inspirer,
Et ta gravité cède à la plaisanterie.
Donc, tu n'hésites pas, me taxant d'incurie,
A nier que mon art l'emporte sur Plutus,
Pour faire croître l'homme en bonheur, en vertus.
Cependant c'est Plutus qui, par son or, enfante
Les obèses, ventrus, à la cuisse pesante,
Les podagres enfin ; tandis que mes sujets
Ont la taille de guêpe et les membres fluets.

CHRÉMYLE.

Fluets! Je le crois bien, à force d'abstinence.

LA PAUVRETÉ.

Poursuivons : j'ai pour moi du moins la continence,
Et, vous en conviendrez, la douce urbanité.
Plutus de l'insolence a la grossièreté.

CHRÉMYLE.

Ah! pour voler autrui, par un mur s'introduire,
C'est de l'urbanité, peut-être oses-tu dire!

BLEPSIDÈME.

Pardieu! quand le bandit vous pille à votre insu,
C'est par urbanité qu'il craint d'être aperçu.

LA PAUVRETÉ.

Par exemple, voyez les orateurs des villes,
S'ils sont pauvres, au peuple empressés d'être utiles.
Puis, des deniers du fisc quand ils sont enrichis,
De ces bons procédés tout à coup affranchis,
Au lieu de mériter la faveur populaire,
Tout bas contre la foule ils machinent la guerre.

CHRÉMYLE.

Certes, c'est un amer et fidèle tableau ·
Mais le rôle des tiens, crois-tu qu'il soit plus beau?
Aussi nous paieras-tu bien cher ta persistance
A vouloir soutenir que la triste indigence
Vaut mieux que la richesse.

LA PAUVRETÉ.

Au lieu de raisonner,
Tu ne fais avec moi que rire et badiner.

CHRÉMYLE.

Mais comment se fait-il que de toi l'on s'éloigne?

LA PAUVRETÉ.

Du prix de mes bienfaits, c'est là ce qui témoigne.
Vois les fils pour leur père : ont-ils rien plus à cœur
Que de fuir cet ami qui veille à leur bonheur?
On discerne si mal ce qui vous est utile!

CHRÉMYLE.

Tu vas donc proclamer Jupiter inhabile
A priser le vrai bien; car à son tour aussi
Il s'adjuge l'argent.

BLEPSIDÈME, *montrant du doigt la Pauvreté.*

Laissant pour nous ceci.

LA PAUVRETÉ.

Ce que le vieux Cronus a dans l'œil de chassie,
Vous l'avez dans l'esprit. La raison obscurcie
N'est vraiment, chez vous deux, apte à rien concevoir...
Non, Jupiter est pauvre, et vous allez le voir.
Comment, s'il était riche, au concours olympique
Par lui-même inventé pour le peuple hellénique,
Qui court tous les cinq ans en foule s'y presser,
Par un brin d'olivier va-t-il récompenser

Des vainqueurs proclamés la vigueur et l'adresse ?
Il leur devrait de l'or, s'il prisait la richesse.

CHRÉMYLE.

Mais ce que tu dis là démontre clairement
Qu'il professe pour l'or un tendre sentiment,
Et s'il l'économise, ou craint d'en faire usage.
Pour couronne aux lutteurs s'il jette un vil feuillage,
C'est qu'il tient pour son compte à réserver l'argent.

LA PAUVRETÉ.

N'est-il pas moins honteux cent fois d'être indigent,
Si des riches trésors dont tu lui fais hommage,
Jupiter doit subir l'humiliant servage,
Au point d'en être avare?

CHRÉMYLE.

Eh bien! que ce dernier
T'écrase, en couronnant tes cheveux d'olivier!

LA PAUVRETÉ.

Après un tel débat, qui de vous encore ose
Dire que de tous biens je ne suis pas la cause?

CHRÉMYLE.

Vaut-il mieux être riche ou pauvre? Question
Sur laquelle on peut croire Hécate ; elle répond :
Que chaque mois pour elle une table servie
Par les gros tenanciers, est aussitôt ravie
Par les pauvres, aux mets avant qu'elle ait goûté.
Mais ne me dis plus mot, ô monstre détesté!

Quand tu me convaincrais, j'aurais encor du doute.

LA PAUVRETÉ.

« Argos, ô ma cité, que nous dit-il? écoute! »

CHRÉMYLE, *à part.*

N'appelle-t-elle pas son commensal Pauson?

LA PAUVRETÉ.

Que faire, malheureuse!

CHRÉMYLE.

Ah! loin de ma maison
Fuis, fuis; va-t'en servir aux corbeaux de pâture.

LA PAUVRETÉ.

Mais où porter mes pas?

CHRÉMYLE.

Eh bien! à la torture
Cours sans plus t'arrêter.

LA PAUVRETÉ.

Peut-être quelque jour
Me rappellerez-vous.

CHRÉMYLE.

Alors de ton retour
Tu pourras t'occuper. Aujourd'hui va te pendre;
Car tu n'as avec moi que des pleurs à répandre.
Vivre pour s'enrichir, à mon sens, est le mieux.

BLEPSIDÊME.

Oui certes; riche enfin moi-même aussi je veux

M'asseoir, moi, femme, enfants, à des banquets splendides,
Me tenir toujours propre et pur d'odeurs fétides,
Narguer la pauvreté de ces gens inclinés
Sous le joug du travail, et leur cracher au nez.

CHRÉMYLE.

Ce n'est pas malheureux ; la voilà qui détale.
— A nous deux maintenant ; sans le moindre intervalle
Au temple d'Esculape allons mener le Dieu,
Pour que la nuit prochaine il demeure en ce lieu.

BLEPSIDÈME.

Hâtons-nous donc, ami, de seconder l'oracle,
De peur d'être empêchés par un nouvel obstacle.

CHRÉMYLE, *avisant Carion.*

Viens conduire Plutus ; suivant l'ancien arrêt,
Carion, prends son lit, ses hardes ; tout est prêt.

TROISIÈME PARTIE.

SCÈNE I.

LE CHOEUR.

(*Passage en lacune.*)

CARION.

Bons vieillards dont la faim, aux fêtes de Thésée,
A dû plus d'une fois se trouver apaisée
Avec un chiche plat de farine, — à vos vœux
Le Ciel sourit enfin. Vieillards, soyez heureux
Vous et tous ceux dont l'âme au bien est dévouée.

LE CHOEUR.

Qu'est-ce donc, camarade? à ta mine enjouée
On le voit, tes amis doivent se réjouir.

CARION.

Oui, la nouvelle est bonne et mon maître, à ravir,
Vient d'achever son œuvre. Honneur à sa prudence!
Mais c'est Plutus surtout dont j'admire la chance.
D'aveugle qu'il était le voici clairvoyant;
Et sa prunelle semble un astre scintillant,
Tant la main d'Esculape est envers lui propice !

LE CHOEUR.

Comment ne pas crier : ô bonheur, ô délice !

CARION.

Bon gré, mal gré, de joie il vous faut éclater.

LE CHOEUR.

O divin Esculape, à nous de te chanter :
Dans la nuit de nos maux tu portes la lumière.

SCÈNE II.

LA FEMME DE CHRÉMYLE.

Qu'entends-je ? enfin serait-ce un message prospère ?
Tant mieux ! j'en ai besoin pour me désennuyer ;
Vivre ainsi renfermée est un triste métier.

CARION.

Allons vite, allons vite, un coup de vin, la vieille,
Et nous boirons tous deux ; car tu bois à merveille.
Au surplus, je t'apporte à la fois tous les biens.

LA FEMME DE CHRÉMYLE.

Où sont-ils ?

CARION.

Patience ; écoute et tu les tiens.

LA FEMME DE CHRÉMYLE.

Mais pourquoi t'arrêter ? achève donc bien vite.

CARION.

Un peu d'attention, et je vais tout de suite

Te raconter d'un bout jusqu'à l'autre les faits.

LA FEMME DE CHRÉMYLE.

Les *faix!* pour mon épaule, ah ! c'est trop d'un seul *faix*.

CARION.

Tu crains déjà le poids des biens que je t'apporte.

LA FEMME DE CHRÉMYLE.

Je veux bien en jouir ; non, que mon dos les porte.

CARION.

Conduit par nous en hâte au Dieu de la santé
Notre homme, alors en proie à sa calamité,
Nous revient tout heureux, et jamais destinée
Ne fut, comme est la sienne aujourd'hui, fortunée.
Je poursuis. A la mer nous le menons d'abord
Et puis nous le baignons.

LA FEMME DE CHRÉMYLE.

Pardieu, quel heureux sort,
D'entrer, quand on est vieux, dans un bain à la glace !

CARION.

Puis, dans le temple saint nous venons prendre place.
Enfin, quand les présents, les pains sont consacrés,
Quand les gâteaux sont cuits et du feu retirés,
Sur l'autel nous couchons Plutus, suivant l'usage.
Tout près, chacun de nous dresse un lit de feuillage.

LA FEMME DE CHRÉMYLE.

Esculape avait-il d'autres adorateurs?

CARION.

D'abord Néoclidès, aveugle, des voleurs,
Comme s'il y voyait, modèle incomparable,
Puis d'affligés divers une foule innombrable.
Or, celui que le Dieu commit pour le servir,
Vient prescrire bientôt à chacun de dormir,
Disant qu'entendît-on du bruit, il faut se taire.
Des lampes, à ces mots, il éteint la lumière ;
En bon ordre, à l'instant nous voilà tous couchés.
Moi, je ne pus dormir, et mes sens alléchés
Par le friand ragoût d'une vieille commère,
Ne tendaient qu'à ravir à sa propriétaire
Ce plat qui par hasard gisait près de sa main.
Alors s'offre à mes yeux un spectacle soudain :
Le prêtre festoyait à la table sacrée ;
De figues, de gâteaux c'était une curée.
Puis des autres autels de même s'emparant,
Tous les restes qu'il trouve, à leur tour il les prend.
De galette il remplit une entière besace.
Ne voyant rien de mieux que de suivre sa trace,
Je me retourne alors vers mon plat de ragoût,
Sûr de faire œuvre pie, en contentant mon goût.

LA FEMME DE CHRÉMYLE.

N'avais-tu donc pas peur d'Esculape, homme infâme?

CARION.

Si vraiment : je craignais qu'au brouet de la femme,

Bandelettes en tête, il ne vînt avant moi ;
Car son prêtre du lieu m'avait appris la loi.
En entendant du bruit vers le pot qui m'attire,
La vieille, en tapinois, de son côté le tire.
Comme un serpent joufflu, poussant un souffle ardent,
Je saisis, en humant, le vase sous ma dent.
Filant doux à ce coup et soudain lâchant prise,
S'enfonce dans son lit ma rivale surprise.
Je suis (tant elle a peur !) moi-même éclaboussé
D'un parfum dont mon nez se serait bien passé.
Bref, j'avale d'un trait les deux tiers du potage ;
J'achevais... si ma panse en eût pu davantage.

LA FEMME DE CHRÉMYLE.

Et le Dieu cependant à vous s'était-il joint ?

CARION.

Non. Il ne vint qu'après ; et même sur ce point
Je te confesserai certaine peccadille,
Certain bruit (pour ce fait je veux qu'on me houspille !)
Dont, en entrant, le Dieu par moi fut salué.

LA FEMME DE CHRÉMYLE.

Il t'a, dans son dégoût, j'espère, conspué.

CARION.

Non, Jaso seulement en devint cramoisie,
Et son autre compagne en même temps saisie
Panacée en haussa l'épaule de pitié.

LA FEMME DE CHRÉMYLE.

Et le Dieu, que fit-il?

CARION.

Il n'a pas sourcillé.

LA FEMME DE CHRÉMYLE.

Sa sensibilité te semble un peu grossière?

CARION.

Non, il se retrouvait dans sa chère atmosphère.

LA FEMME DE CHRÉMYLE.

Malheureux ! que dis-tu ?

CARION.

Honteux de l'incident,
Je me couvre et me tiens à l'écart. Cependant,
Avec grand soin, le Dieu, plein de sa destinée,
Près de chaque malade accomplit sa tournée ;
Une boîte, un mortier de pierre et son pilon
Près de lui sont portés par un jeune garçon.

LA FEMME DE CHRÉMYLE.

Les trois objets de pierre !

CARION.

Eh ! pardieu, pas la boîte.

LA FEMME DE CHRÉMYLE.

Quel impudent menteur, et digne qu'on le fouette !
Tes yeux ont vu cela, sous ton manteau couverts?

CARION.

Il est si bien troué qu'on peut voir à travers.

Or, à Néoclidès tout d'abord il s'adresse,
Et de sa propre main dans son mortier il presse
Un topique mêlé : trois pieds d'ail de Ténos
Bien saupoudrés d'oignons et de gomme ; Sphettos
A fourni le vinaigre où fond cette matière.
Puis, le tout, il l'applique au vif de la paupière,
Remède merveilleux... pour faire mieux souffrir !
L'autre crie et rugit ; il s'élance, il veut fuir.
Esculape, en riant, l'arrête : « Pas si vite,
« Et, pour ton cataplasme, à t'asseoir je t'invite.
« Au reste, à mon avis, ce n'est pas un malheur
« D'éloigner du public un tel blasphémateur. »

LA FEMME DE CHRÉMYLE.

O Dieu sage et vraiment ami de notre ville !

CARION.

Vient le tour de Plutus. D'un coup de main agile,
L'artiste, à peine assis, lui palpe le cerveau ;
Avec un linge intact il effleure la peau
Autour des yeux. La main de Panacée ombrage
Sous un voile ponceau la tête et le visage.
Puis on entend le dieu siffler... A ce signal,
Deux dragons (en longueur je n'en vis pas d'égal)
S'élancent du lieu saint...

LA FEMME DE CHRÉMYLE.

Holà, bonté divine !

CARION.

Se glissent sous le voile ; aux yeux (je le devine)
Ils lèchent le malade. Et ce dernier, soudain,
En moins de temps qu'à toi, pour avaler ton vin
Il ne t'en faut, maîtresse, a recouvré la vue.
Moi, je claque des mains, tant mon âme est émue !
Et j'éveille mon maître. — Aussitôt disparaît
Avec ses deux serpents, l'auteur d'un si beau trait.
Dès lors, tu le comprends, nul voisin, nul malade
Qui ne veuille embrasser son heureux camarade.
Il tient, toute la nuit, tout le monde éveillé :
On n'est pas rendormi, que le jour a brillé.
J'adresse, pour ma part, un bien sincère hommage
Au Dieu qui, chez Plutus, dissipant le nuage
Répandu sur sa vue, a, dans son équité,
Du vil Néoclidès doublé la cécité.

LA FEMME DE CHRÉMYLE.

Divin maître, ah ! qu'aussi j'admire ta puissance !
Mais où donc est Plutus?

CARION.

Le voici qui s'avance. —
Cependant sur ses pas la foule, à flots, accourt.
Par excès de vertu, ceux qui, d'argent à court,
Jadis mouraient de faim, l'empêchent dans sa voie
Par leur empressement, et le baisent de joie.

Les riches à leur tour, dont le magot est fait,
Mais à qui ce trésor coûta plus d'un méfait,
En fronçant le sourcil, trahissent leur déboire.
Les autres, couronnés comme en un jour de gloire,
L'assistent en riant, et bénissent son nom.
Les vieillards, d'un pas sûr, marchent à l'unisson.
Allons, sautez, dansez tous jusqu'à perdre haleine,
Et d'un commun accord suivez la cantilène.
Nul de vous, au retour, n'a peur d'être avisé
Que le sac à farine hélas ! est épuisé.

LA FEMME DE CHRÉMYLE.

De gâteaux je veux, moi, te faire une fournée,
Et que ta table en soit par mes mains couronnée,
Tant je te sais bon gré de ton message heureux.

CARION.

Ce sera pour plus tard ; on frappe ; ce sont eux.

LA FEMME DE CHRÉMYLE.

Je ne rentre pas moins faire ma friandise ;
Pour des yeux frais-ouverts il faut une surprise.

CARION.

Moi, je cours au-devant, car je ne saurais voir
Mon monde s'approcher, sans l'aller recevoir.

CHANSONNETTE DU CHŒUR.

(*Manque.*)

SCÈNE III.

PLUTUS.

Après le doux soleil, c'est toi que je salue,
O cité que Pallas a, pour demeure, élue,
Et toi, sol de Cécrops, pour moi si généreux !
Vraiment, de mon malheur je me sens tout honteux :
Avoir, sans m'en douter, choyé des gens indignes,
Et de mon amitié repoussé les plus dignes,
Le tout faute d'y voir, quel misérable sort !
Pour ceux-ci, pour ceux-là j'eus également tort.
Au rebours, à présent, je réglerai la chose
Et veux prouver à tous que si j'unis ma cause
A celle des méchants, ce fut sans le vouloir.

CHRÉMYLE, *arrivant.*

Peste des importuns ! vient-il à vous échoir
Quelque petit bonheur, bien vite une cohue
De prétendus amis dans vos jambes se rue :
Dût-on vous étouffer, chacun à vous servir
Entend montrer son zèle. Ouf ! De m'entretenir
Ils avaient tant à cœur ! parmi ceux de mon âge
Qui ne m'a, sur la place, apporté son hommage ?

LA FEMME DE CHRÉMYLE.

Mortels chéris, tous deux soyez les bienvenus !

(A Plutus.)

Toi, laisse-moi t'offrir de bons gâteaux au jus.

L'usage ainsi le veut, tu sais...

PLUTUS.

Non, je refuse.
De tes soins gracieux si tout d'abord j'abuse,
A peine entré chez toi, — dès que je puis y voir, —
Je commets une faute. Au lieu de recevoir,
C'est à moi de donner.

LA FEMME DE CHRÉMYLE.

Ainsi tu me méprises
Et ne veux pas goûter mes douces friandises?

PLUTUS.

Là-bas, je ne dis pas... tout au fond du foyer.
Puisque tel est l'usage, on pourra s'y plier.
Mais je dois me soustraire à la plaisanterie.
D'ailleurs, pour obtenir du spectateur qu'il rie,
Dans un drame nouveau que nous lui présentons,
Allons-nous l'accabler de figues, de bonbons?

LA FEMME DE CHRÉMYLE, *se tournant vers le public où elle remarque Dexinicus.*

C'est trop juste. Déjà Dexinicus s'élance...
Des figues!... le glouton les avale d'avance.

LE CHŒUR.

(*Passage en lacune.*)

SCÈNE IV.

CARION.

Ah! qu'il est bon de voir son destin prospérer,
Et cela, de son fonds sans rien aventurer!
Ainsi notre maison est un lieu de délice,
Et jamais cependant n'a commis d'injustice :
Voilà comme il est doux d'amasser des trésors.
La huche de farine est garnie à pleins bords;
D'un vin noir, parfumé, regorgent les amphores :
Enfin, l'or et l'argent nous sortent par les pores;
Merveilleuse abondance! Au lieu d'eau, dans les puits,
C'est de l'huile qui coule. Assez, poissons et fruits!...
Les jattes vont plier. Mainte cruche distille
Et la myrrhe et l'encens. L'écuelle la plus vile
Du luxe a tout l'éclat. Notre toit est chargé
De figues par milliers. En cuivre s'est changé
Le vieux fer de nos pots : quant aux vases de cuivre,
Voilà qu'ils sont d'argent. Tout le reste a dû suivre :
L'ivoire a, tout d'un coup, remplacé le pavé;
Avec des cubes d'or l'esclave joue au dé :
Avec des fleurs de lis il mouche sa narine.
Chacun, à qui mieux mieux, en délices raffine.
Mon maître, en ce moment, est là, dans sa maison,
Qui sacrifie un bouc, un bélier, un cochon,

Tenant en main le glaive, et la couronne en tête ;
J'y serais bien resté, mais cette odeur m'entête
Et m'a chassé dehors ; tiens, j'en ai mal aux yeux.

SCÈNE V.

UN HONNÊTE HOMME.

Viens avec moi, bonhomme, et courons tous les deux
Droit vers Plutus.

CHRÉMYLE, *à Carion.*

Eh bien ! qui donc ainsi t'aborde ?

L'HONNÊTE HOMME.

Un homme hier sans pain, à qui le Ciel accorde
Aujourd'hui des trésors.

CHRÉMYLE.

Ah ! c'en est dire assez ;
Tu comptes, on le voit, parmi les gens sensés.

L'HONNÊTE HOMME.

Oui.

CHRÉMYLE.

Tu veux donc ?

L'HONNÊTE HOMME.

Au Dieu j'ai des grâces à rendre
Pour les biens que sur moi sa main vient de répandre.
Mon père me transmit un assez bel avoir
Dont, croyant accomplir un utile devoir,

Pour de pauvres amis je fis souvent usage.

CHRÉMYLE.

Et ton bien disparut fort lestement, je gage.

L'HONNÊTE HOMME.

Tu l'as dit.

CHRÉMYLE.

Avant peu, tu devins malheureux?

L'HONNÊTE HOMME.

C'est trop vrai. Je comptais, moi, que pour sûr, tous ceux
A qui, dans leur détresse, en aide vint mon zèle,
Garderaient à la mienne une amitié fidèle;
Mais eux de s'éloigner, semblant ne me pas voir.

CHRÉMYLE.

Et puis de te narguer; c'est facile à prévoir.

L'HONNÊTE HOMME.

Tout juste. En endossant l'habit de la misère,
J'étais mort.

CHRÉMYLE.

À présent, tu renais, au contraire.

L'HONNÊTE HOMME.

Aussi, viens-je adresser mon juste hommage au Dieu.

CHRÉMYLE.

Tient-il ce vieux manteau pour accomplir ton vœu,
L'esclave qui te suit? Réponds à ma demande.

L'HONNÊTE HOMME.

Oui : de ce pas au Dieu je le porte en offrande.

CHRÉMYLE.

Tu t'en couvrais, sans doute, aux secrets d'Éleusis
Lorsqu'on t'initia?

L'HONNÊTE HOMME.

Non, de mes sens transis
Il n'est le compagnon que depuis treize années.

CHRÉMYLE.

Ces chaussures au Dieu sont aussi destinées?

L'HONNÊTE HOMME.

Oui. J'en ai, tout ce temps, fait usage l'hiver.

CHRÉMYLE.

Soit : que ce double don à Phébus sera cher!

SCÈNE VI.

UN DÉLATEUR.

Vraiment je suis à plaindre, et le destin m'accable...
Destin trois, quatre fois et cinq fois détestable;
Je dis plus : douze fois; bien plus, dix mille fois!
Oui, sur moi le malheur pèse de tout son poids.

CHRÉMYLE.

Phébus Préservateur, et vous, Dieux secourables,
Ne pourrait-on savoir les maux si déplorables
Dont cet autre se plaint?

LE DÉLATEUR.

Oh! qu'il me faut souffrir!

Tout ce que je possède, il vient me le ravir,
Ce Dieu qui, de nouveau, devra perdre la vue...
Ou de toute équité la terre est dépourvue.

L'HONNÊTE HOMME.

Ses maux? A peu près, moi, je crois les deviner :
Notre homme s'est laissé dans le vice entraîner;
Le peu qu'il vient de dire a mauvaise tournure.

CHRÉMYLE.

Pardieu, c'est très-bien fait de punir l'imposture.

LE DÉLATEUR.

Où donc, où donc est-il celui qui, sans effort,
De nous enrichir tous, lui seul, se faisait fort,
Si de la vue enfin il recouvrait l'usage?
Tels lui doivent plutôt dans leurs biens un dommage.

CHRÉMYLE.

Voyons. Quels sont les gens qu'il a ruinés?

LE DÉLATEUR.

Moi.

CHRÉMYLE.

Serais-tu de ceux-là qui n'ont ni foi, ni loi?

LE DÉLATEUR.

Allons : vous n'avez pas le sens commun, vous autres...
Vous avez pris mon bien, mordieu, vous et les vôtres!

CHRÉMYLE.

L'insolent contre nous s'érige en délateur.

Par Cérès !

CARION.

C'est la faim qui le met en fureur;
Faites jeûner un bœuf, il redevient sauvage :
Je m'explique par là cette subite rage.

LE DÉLATEUR.

J'espère bien tantôt qu'en allant au marché,
A ton tour, tu seras dans ta course empêché,
Et tes honteux forfaits, sous le choc de la roue,
Il faudra que là-bas ta langue les avoue.

CARION.

C'est toi que l'on pendra.

L'HONNÊTE HOMME.

Jupiter, Dieu sauveur !
Ne fit-il pas aux Grecs une insigne faveur,
Celui qui frappe à mort les gens de cette espèce?

LE DÉLATEUR.

Quoi ! toi-même avec eux tu nargues ma détresse?...
Mais n'as-tu pas volé quelque part ces habits?
Ceux qu'hier tu portais semblaient tout décrépits.

L'HONNÊTE HOMME.

Tu ne me fais pas peur. N'ai-je pas cet emblême...
L'anneau que m'a vendu pour une drachme Eudême?

CHRÉMYLE.

Il ne préserve pas du fiel d'un délateur.

LE DÉLATEUR.

Est-il plus grosse injure? Est-il air plus moqueur?
Quel nom, à votre tour, voulez-vous que je donne
A pareille action? direz-vous qu'elle est bonne?

CHRÉMYLE.

Non, certes : mais veux-tu que pour toi l'on soit bon?

LE DÉLATEUR.

Ah! vous vous régalez de mon bien sans façon!

CHRÉMYLE.

Puissions-nous, en effet, ainsi faire bombance,
Et toi, crever de faim avec ton assistance!

LE DÉLATEUR.

Vous le niez, coquins! mais je suis alléché
Par la viande rôtie et le poisson haché.

(Il aspire l'odeur bruyamment avec son nez.)

CARION.

Contre le froid peut-être il se tient en haleine;
Car son manteau percé le garantit à peine.

LE DÉLATEUR.

Mais c'est insupportable. O Jupiter! ô Dieux!
Contenez envers moi leurs sarcasmes haineux.
Voilà comme l'on traite, et comme on injurie
Celui qui se dévoue au bien, à sa patrie!

CHRÉMYLE.

Toi, patriote et bon!

LE DÉLATEUR.

Nul ne l'est plus que moi.

CHRÉMYLE.

Eh bien! réponds; je vais t'interroger.

LE DÉLATEUR.

Sur quoi?

CHRÉMYLE.

Serais-tu laboureur?

LE DÉLATEUR.

Laboureur? pas si bête!

CHRÉMYLE.

Marchand, donc?

LE DÉLATEUR.

Quelquefois, quand il me vient en tête.

CHRÉMYLE.

J'en conclus que tu sais un métier...

LE DÉLATEUR.

Certes non.

CHRÉMYLE.

Vrai, tu ne sais rien faire? et de quoi vis-tu donc?

LE DÉLATEUR.

Je consacre ma vie aux affaires publiques,
Sans dédaigner non plus les causes domestiques.

CHRÉMYLE.

Le tout sans rien savoir!

LE DÉLATEUR.

Mais j'ai la faculté [1]...

CHRÉMYLE.

Surtout je me refuse à croire à ta bonté,
Toi qui, sans nul motif à cela qui t'oblige,
Te fais par tous haïr.

LE DÉLATEUR.

Le sot! quoi! rien n'exige
Qu'on serve son pays, tant qu'on peut le servir?
Pour moi, d'un tel devoir je ne puis m'abstenir.

CHRÉMYLE.

Faire l'empressé donc, c'est servir la patrie!

LE DÉLATEUR.

La servir! c'est tâcher qu'elle soit obéie
Dans ce qu'elle prescrit; c'est défendre ses lois,
C'est s'opposer au mal.

CHRÉMYLE.

N'a-t-elle pas fait choix
De magistrats exprès pour suivre sa défense?

LE DÉLATEUR.

Il faut bien devant eux dénoncer l'insolence.

CHRÉMYLE.

C'est une faculté...

[1] Allusion à la formule qui terminait les lois pénales : *toute personne aura* LA FACULTÉ *de dénoncer et de poursuivre le contrevenant, etc.*; la même allusion est répétée dix vers plus bas et une troisième fois peu après.

LE DÉLATEUR.

Dont j'use mainte fois.
Au service public je tiens, comme tu vois.

CHRÉMYLE.

Pauvre patrie alors, si c'est toi qui la mènes!
Ne vaudrait-il pas mieux t'épargner tant de peines,
Et vivre sans rien faire?

LE DÉLATEUR.

A moins d'être mouton,
Qui peut se résigner à cette inaction?

CHRÉMYLE.

Mais quelque bon métier... ne veux-tu pas l'apprendre?

LE DÉLATEUR.

Non certes, quand devraient sur ma tête répandre
Plutus son or, Battus ses plus doux condiments.

CHRÉMYLE.

Ne perdons pas de temps. Mets bas tes vêtements.

CARION.

Eh! l'autre, c'est à toi qu'on parle.

CHRÉMYLE.

Ta chaussure.
Dépose-la de même.

CARION.

As-tu l'oreille dure?

LE DÉLATEUR.

Venez ici tout près, siéger à mon côté.

Chacun de vous du moins en a la faculté

CARION.

J'en profiterai, moi.

LE DÉLATEUR.

Suis-je assez misérable?
En plein jour, ainsi nu!

CARION.

Aux besoins de ta table
En t'occupant d'autrui, comment? tu veux pourvoir!

LE DÉLATEUR, *cherchant son témoin.*

Je te prends à témoin de ce qu'ils font. Viens voir.

CARION.

Ton témoin est en fuite.

LE DÉLATEUR.

Hélas! seul il me laisse
Avec ces gens.

CARION.

Va, crie.

LE DÉLATEUR.

Oh! quelle est ma détresse!

CARION, *prenant l'offrande portée par l'esclave de l'honnête homme.*

Si je le recouvrais de ce manteau troué?

L'HONNÊTE HOMME.

Non vraiment. A Plutus en don je l'ai voué.

CARION.

Pour un pareil manant qui nous gruge et nous pille,
Rien ne convenait mieux pourtant qu'une guenille.
Plutus avec du neuf vaut bien d'être honoré.

L'HONNÊTE HOMME.

Mais dis, que ferons-nous des souliers?

CARION.

Je clouerai
La paire, ainsi qu'au tronc d'un olivier sauvage,
Au crâne du maraud pour orner son visage.

LE DÉLATEUR.

Adieu. Car avec vous je ne saurais lutter.
Mais je veux quelque jour enfin me concerter
Avec un allié qui sente un peu *la figue*,
Et c'est contre Plutus qu'agira notre ligue,
Lui qui du peuple, seul, a brisé le pouvoir,
Sans écouter l'avis du Conseil, ni vouloir
Suivre l'opinion de la foule assemblée.

L'HONNÊTE HOMME.

De mes armes l'épaule une fois affublée,
Tu peux aller au bain, t'y chauffer, y briller,
Car dans le même habit j'y siégeais le premier.

CHRÉMYLE.

Seulement le baigneur va le mettre à la porte;
On reconnaît bientôt les gens de cette sorte

Nul ne peut s'y tromper, dès le premier aspect.
Mais entrons : à Plutus viens offrir ton respect.

LE CHŒUR.

(*Passage en lacune.*)

SCÈNE VII.

UNE VIEILLE FEMME.

Bons vieillards, me serais-je égarée en ma route,
Ou n'est-ce point ici, car j'en ai quelque doute,
Que demeure le Dieu nouveau venu?

LE CHŒUR.

Vraiment,
Voilà bien s'adresser! c'est ici justement.

LA VIEILLE.

Fort bien. Au logis donc je pénètre et j'appelle.

CHRÉMYLE.

Inutile, on y va, je viens. Qu'est-ce, ma belle?
Que viens-tu faire, dis?

LA VIEILLE.

Me plaindre de mes maux,
Crier à l'injustice. Ami, plus de repos,
Et la vie est pour moi cruelle devenue,
Depuis que ce Plutus a recouvré la vue.

CHRÉMYLE.

Bon! c'est le délateur du sexe féminin;

LA VIEILLE.

Non, pour Dieu !

CHRÉMYLE.

M'y voici : le sort, dans un festin.
T'a refusé le rang où tu voulais atteindre.

LA VIEILLE.

Tu plaisantes. Pourtant, moi je suis bien à plaindre.

CHRÉMYLE.

Mais dis-nous donc enfin quel est ce grand malheur...

LA VIEILLE.

J'aimais un beau jeune homme, excellent par le cœur,
Autant que séduisant par les traits du visage,
Pauvre, il est vrai, mais bon et surtout sans partage
Dans son culte pour moi, plein de zèle et de soin
Pour satisfaire en tout à mon moindre besoin...
Que j'aimais à mon tour à lui rendre service !

CHRÉMYLE.

Je ne saisis pas bien quelle sorte d'office
Tu pouvais lui prêter.

LA VIEILLE.

Bien peu certainement...
Ainsi, quoiqu'il m'aimât du plus pur sentiment,
C'était de ses habits pour réparer l'usure
Vingt drachmes à donner, et huit pour la chaussure.
Les sœurs avaient besoin de tunique. Il fallait
Acheter, pour la mère, en outre, un mantelet.

Enfin c'était du blé, cinq médimnes.

CHRÉMYLE.

Sans doute,
J'en atteste Apollon, je trouve, somme toute,
Le compte fort modeste, et l'on voit qu'il t'aimait.

LA VIEILLE.

Encore en acceptant ces dons, il se soumet
Non point pour son profit, disait-il, à les prendre
Mais pour avoir de moi quelque souvenir tendre.

CHRÉMYLE.

On n'a pas vu souvent un si parfait amant.

LA VIEILLE.

Mais hélas! aujourd'hui quel cruel changement!
Le monstre n'a plus rien de sa vive tendresse.
Vois plutôt : ce matin j'envoie à son adresse,
Avec cette galette, un accompagnement
D'autres friands gâteaux, n'aspirant qu'au moment
Où, le soir survenu, j'aurais été le joindre.

CHRÉMYLE.

Il t'adresse, en retour, des douceurs?

LA VIEILLE.

Pas la moindre.
Bien plus, tous mes gâteaux il me les fait tenir;
Et par mon messager me défend de venir,
Avec ces mots sanglants : « Milet jadis fut brave. »

CHRÉMYLE.

Dans sa conduite, au fond, je ne vois rien de grave :
La lentille aujourd'hui pour son goût ne vaut rien ;
Mais il mangeait de tout, quand il était sans bien.

LA VIEILLE.

Alors, ô Dieux jumeaux, alors pas de journée,
Qu'aux abords de ma porte il ne fît sa tournée.

CHRÉMYLE.

Était-ce pour te faire ainsi quelque larcin ?

LA VIEILLE.

Non certes. Loin de là ; son unique dessein
Était d'ouïr ma voix : il aimait à m'entendre.

CHRÉMYLE.

Oui, pour quelque tribut qu'il voulait te surprendre.

LA VIEILLE.

Quand j'étais triste, dieux ! comme il me consolait,
En m'appelant sa cane, ou son petit poulet !

CHRÉMYLE.

Des tendresses bientôt il passait à conclure
Qu'il fallait de l'argent pour payer sa chaussure !

LA VIEILLE.

Aux fêtes d'Eleusis, quand, paraissant en char,
De quelque beau garçon j'attirais le regard,
J'étais, pour tout le jour, maltraitée et frappée.

CHRÉMYLE.

Ta table lui plaisait, par lui seul occupée :

Voilà tout le secret de sa jalouse ardeur.

LA VIEILLE.

Il aimait de ma main la forme et la blancheur.

CHRÉMYLE.

De vingt drachmes pour lui quand il la voyait pleine.

LA VIEILLE.

Il vantait les parfums que soufflait mon haleine.

CHRÉMYLE.

Quand vous buviez tous deux le doux vin de Thasos ;
Je le crois.

LA VIEILLE.

Et mes yeux, comme il les trouvait beaux !

CHRÉMYLE.

Il était fort habile et savait à merveille
Vivre, en la dépouillant, de l'amour d'une vieille.

LA VIEILLE.

Ah ! cher ami, ce Dieu qui prétend que toujours
A la vertu froissée il prête son concours,
Ici n'a-t-il pas tort ?

CHRÉMYLE.

Mais pour te satisfaire,
Parle, on va t'obéir, parle, que faut-il faire ?

LA VIEILLE.

Il est juste, pardieu, de forcer le vaurien
A qui j'ai tout donné, d'y mettre un peu du sien
A son tour, ou sinon, d'être riche est-il digne ?

CHRÉMYLE.

Il t'a de son amour accordé plus d'un signe?

LA VIEILLE.

Oui, mais il me jurait qu'il m'aimerait toujours.

CHRÉMYLE.

Peut-être aussi croit-il que c'est fait de tes jours.

LA VIEILLE.

Il est vrai : de chagrin, mon cher, je suis brisée.

CHRÉMYLE.

Ou plutôt par les ans ta carcasse est usée.

LA VIEILLE.

Oui, mon corps passerait à travers un anneau.

CHRÉMYLE.

Un anneau? tu veux dire un cercle de tonneau.

LA VIEILLE.

Mais je le vois lui-même aborder ces demeures,
Celui que je maudis déjà depuis deux heures ;
Il va prendre sa part, je crois, dans un banquet.

CHRÉMYLE.

Un flambeau dans sa main, à sa tête un bouquet
Semblent donner raison à cette conjecture.

SCÈNE VIII.

LE JEUNE HOMME.

Bonjour.

LA VIEILLE.

Qu'est-ce qu'il dit?

LE JEUNE HOMME.

Ma vieille créature,
Que te voilà blanchie en moins de rien, grands dieux!

LA VIEILLE.

Que peut-il m'adresser de plus injurieux?

CHRÉMYLE.

Ainsi depuis longtemps il ne t'avait pas vue?

LA VIEILLE.

Depuis longtemps! hier.

CHRÉMYLE.

Du moins il a la vue
Encore assez lucide; et c'est tout l'opposé
Des gens qui, comme lui, sont gris.

LA VIEILLE.

Il est osé,
Impudent, bien plutôt qu'il ne dit vrai, j'espère.

LE JEUNE HOMME.

Divinités des vieux, et toi des flots le père,
Neptune, répondez, avez-vous jamais vu
De rides, je vous prie, un front si bien pourvu?

LA VIEILLE.

Prends garde à ce flambeau.

CHRÉMYLE.

C'est juste · une étincelle

Suffirait, à l'instant, pour consumer la belle.
Comme un vieux tronc pourri.

LE JEUNE HOMME.

Si, pour passer le temps,
Ensemble nous jouions?

LA VIEILLE.

Où, roi des inconstants?

LE JEUNE HOMME.

Là même, avec des noix.

LA VIEILLE.

A quel jeu?

LE JEUNE HOMME.

L'on devine,
Par exemple, combien ta mâchoire en ruine
A-t-elle encor de dents?

CHRÉMYLE.

Quatre, ou pour le moins trois.
Car je veux deviner aussi.

LE JEUNE HOMME.

Paye une noix :
Elle n'en a plus qu'une, et c'est une molaire.

LA VIEILLE.

Malheureux, ta raison n'est-elle pas entière?
Je le crains, à te voir, entre ces deux témoins,
D'insultes m'abreuver.

LE JEUNE HOMME.

Si tu disais du moins :
T'inonder ; ce régime irait bien pour ta crasse.

CHRÉMYLE.

Non, non : l'eau trahirait les fraudes de sa face,
Et l'on verrait à nu, si l'on dissout le fard,
Les défauts de sa peau béants de toute part.

LA VIEILLE.

Allons, vieillard, je vois que tu n'as plus ta tête.

LE JEUNE HOMME.

Eh bien, à t'embrasser on dirait qu'il s'apprête,
Croyant n'être pas vu.

LA VIEILLE.

Tu n'es, toi, qu'un maraud.
J'en appelle à Vénus, s'il m'a rien fait de trop.

CHRÉMYLE.

Non, par Hécate, non. Loin qu'ainsi je m'enflamme,
Je crains de te ravir l'amour de cette femme.

LE JEUNE HOMME.

Moi, je l'aime avec rage.

CHRÉMYLE.

Elle qui t'accusait !

LE JEUNE HOMME.

Et de quoi ?

CHRÉMYLE.

D'insolence. Un mot lui déplaisait

Surtout, et je l'entends encor te faire un crime
D'avoir dit : « Autrefois Milet fut magnanime. »

LE JEUNE HOMME.

Au reste, je renonce à te la disputer.

CHRÉMYLE.

Comment ?

LE JEUNE HOMME.

Oui, je sais trop que je dois respecter
Un barbon de ton âge. En effet, cette injure
Ne crois pas que jamais d'un autre je l'endure.
Va donc avec la belle. Adieu : bien du plaisir.

CHRÉMYLE.

Ah ! je vois, je comprends ; tu n'as qu'un seul désir
C'est de la laisser là.

LA VIEILLE.

Si je veux le permettre.

LE JEUNE HOMME.

Et quoi donc ! après tout, veut-on que je m'empêtre
D'une telle antiquaille ? elle a treize mille ans.

CHRÉMYLE.

Le vin et son parfum te semblaient excellents ;
A la lie arrivé, pourquoi ta répugnance ?

LE JEUNE HOMME.

C'est que la lie est vieille et de plus en plus rance.

CHRÉMYLE.

Avec une passoire éclaircis la liqueur.

LE JEUNE HOMME.

Mais si nous entrions? car ces tresses de fleur.
Je les apporte au Dieu.

LA VIEILLE.

Je veux aussi lui dire
Quelques mots à mon tour.

LE JEUNE HOMME.

Et moi je me retire.

CHRÉMYLE.

Tout beau! trêve à ta peur! on ne t'enlève pas.

LE JEUNE HOMME.

Tant mieux : car je n'ai plus nul goût pour ses appas.

LA VIEILLE, *au jeune homme.*

Passe, passe avant moi... je vais suivre ta trace.

CHRÉMYLE.

Roi des dieux, Jupiter! ah! quel amour tenace!
La vieille, en retrouvant près d'elle son amant,
Y tient, comme l'écaille à l'huître, obstinément.

LE CHOEUR.

(*Passage en lacune.*)

QUATRIÈME PARTIE.

SCÈNE I.

CARION.

Holà ! qui frappe? Eh bien, qui donc? n'est-ce personne?
Pourtant j'entends encor le marteau qui résonne.

MERCURE.

Allons, ne t'en va pas, te dis-je, Carion.

CARION.

Eh ! l'autre... Quoi ! c'est toi qui fais ce carillon ?

MERCURE.

Non ; mais j'allais frapper, quand tu m'ouvres la porte.
Va bien vite appeler ton maître et son escorte.
Venez tous, femme, enfants, les serviteurs, le chien,
Puis toi, puis le cochon.

CARION.

Ça n'irait-il pas bien ?

Qu'est-ce donc?

MERCURE.

Jupiter est fâché, mon compère :
Il veut vous fricasser dans la même chaudière ;
Puis, dans un trou bien noir il va tous vous plonger.

CARION.

Gare ! on coupe la langue au mauvais messager. —
Mais d'un pareil dessein, dis-moi, quelle est la cause?

MERCURE.

Aussi vous avez fait une exécrable chose :
Depuis qu'au dieu Plutus il est donné d'y voir,
Nous autres habitants du céleste manoir,
Nous n'avons plus d'encens, de laurier, ni de pâte,
Pas une offrande enfin de votre espèce ingrate.

CARION.

Non, pardieu! je le jure, et vous n'aurez plus rien.
En quoi nous aidiez-vous, tant qu'on vous servit bien?

MERCURE.

Pour les autres Dieux, passe, et je ne les plains guère;
Mais moi, je suis perdu, moulu.

CARION.

C'est vrai.

MERCURE.

Naguère,
Dès que l'aube avait lui, dans tous les cabarets
J'avais, selon mon goût, mille mets toujours prêts :

De la galette au vin, du miel ou quelque figue.
Les pieds perchés en l'air, de faim et de fatigue
Aujourd'hui je me pâme.

CARION.

Ah ! tu l'as mérité
Toi qui, comblé des dons de notre piété,
Nous fis souvent du tort.

MERCURE.

O triste destinée !
Du quatrième jour, ô toi, bonne fournée,
Que tu me fais défaut !

CARION

« Vain appel, vain désir !
Oui, tout a disparu. »

MERCURE.

J'avais tant de plaisir
A manger mon jambon !

CARION.

Et maintement va, rôde
En humant le brouillard !

MERCURE.

La bonne tripe chaude !
Je n'en puis plus manger !

CARION.

Mais la tienne se tord,
Rien qu'en pensant à l'autre.

MERCURE.

Et puis ce rouge bord
De vin et d'eau mêlés par portion égale!

CARION.

Dis, crois-tu que plus vite alors ton pied détale,
Si l'on te donne à boire?

MERCURE.

A l'un de tes amis
Veux-tu rendre service?

CARION.

Autant qu'il m'est permis.
Je le veux bien. Mais toi, que veux-tu?

MERCURE.

Je demande
Du pain cuit bien à point, de belle et bonne viande...
Celle que vous avez, là même, offerte aux Dieux.

CARION.

On n'en peut rien distraire.

MERCURE.

Ah! je te servais mieux
Quand, surveillant les vols que tu fis à ton maître,
J'ai toujours si bien fait qu'il n'en put rien connaître.

CARION.

N'avais-tu pas ta part, ô toi, voleur de nuit!
Puis il t'en revenait un beau gâteau bien cuit.

MERCURE.

Que tu mangeais tout seul, après le sacrifice.

CARION.

Allons donc : venais-tu partager mon supplice,
Quand pris en plein délit, j'étais roué de coups?

MERCURE.

Pour ces maux, je t'engage à les oublier tous :
N'as-tu pas pris Phylé? — Venons à moi. De grâce
Parmi tes commensaux, trouve-moi donc ma place.

CARION.

Quoi! pour rester ici tu laisserais les Dieux!

MERCURE.

Sans doute. Pourquoi pas? Chez vous tout est bien mieux.

CARION.

Transfuge, loin des tiens tu passerais ta vie?

MERCURE.

Où l'on se trouve bien, c'est là qu'est la patrie.

CARION.

Ici, voyons; je cherche à quoi tu serais bon.

MERCURE.

Je serai, si l'on veut, portier de la maison.

CARION.

Portier? Nulle raison de te mettre à la porte.

MERCURE.

Marchand de vin alors.

CARION.

Assez peu nous importe
A nous, gros tenanciers, tout bourrés de trésors,
Pour écouler nos vins, de les vendre au dehors,
Dût notre tavernier être le Dieu Mercure.

MERCURE.

Et mes ruses?

CARION.

Non pas : à la simple nature
On revient aujourd'hui. Fi des gens captieux !

MERCURE.

Fais-moi guide?

CARION.

A présent, Plutus a de bons yeux ;
Il n'a donc plus besoin d'un bras pour le conduire.

MERCURE.

Enfin, maître des jeux? tu n'as plus rien à dire.
Les arts vont à Plutus, et rien ne lui sied mieux
Que d'établir chez lui des luttes et des jeux.

CARION.

D'une charge de juge êtes-vous à la piste?
Il faut que votre nom soit sur plus d'une liste.
Si notre homme pour vivre a trouvé son emploi,
C'est que de cent métiers il possède la loi.

MERCURE.

J'entre donc?

CARION.

Cours au puits ; tu laveras des tripes :
Du service on va voir si tu sais les principes.

SCÈNE II.

UN PRÊTRE DE JUPITER.

Chrémyle est-il ici ?

CHRÉMYLE.

Qu'est-ce ? Parle, très-cher.

LE PRÊTRE.

Rien de bon, et depuis que Plutus y voit clair,
Je meurs de faim, tout net. Puis, soyez donc le prêtre
De Jupiter Sauveur !

CHRÉMYLE.

Voyons : fais-moi connaître
D'où te vient ce malheur.

LE PRÊTRE.

On ne veut plus prier.

CHRÉMYLE.

Pourquoi ?

LE PRÊTRE.

Chacun est riche. Avant, sacrifier,
Quand les gens n'avaient rien, était la loi commune.
Du naufrage un marchand sauvait-il sa fortune,

Il rendait grâce aux Dieux. Tel gagnait son procès,
Il en faisait autant. Pour bénir son succès,
Il m'invitait moi-même à la table sacrée.
Nulle offrande aujourd'hui n'est aux Dieux consacrée.
Il ne nous vient plus rien, si ce n'est, par milliers,
D'infâmes résidus les dépôts orduriers.

CARION.

Ici, d'après la règle, une part t'est bien due :
Que ne la prends-tu pas ?

LE PRÊTRE.

Ma foi ! je te salue,
Beau Jupiter Sauveur ! Tout bien examiné,
Je reste avec ces gens.

CHRÉMYLE.

C'est à nous qu'est donné
D'avoir le Dieu Sauveur : il s'offrit de lui-même.
Va, nous réussirons, si le Destin nous aime.

LE PRÊTRE.

Rien de mieux, j'applaudis.

CHRÉMYLE.

Veux-tu m'attendre un peu
Et nous mettons Plutus à la place du Dieu
Qui garde le trésor de la Vierge divine.

(Aux esclaves.)

Apportez les flambeaux et qu'on les illumine

(Au prêtre.)

La lumière à la main, ouvre la marche, toi,
Et va trouver le Dieu.

LE PRÊTRE.

Bien ordonné, ma foi !

CHRÉMYLE.

Qu'on appelle Plutus !

LA VIEILLE.

Et moi, que vais-je faire ?

CHRÉMYLE.

Tu vas très-gravement, pour le Dieu, ma commère,
Sur ta tête charger ce monceau de chaudrons ;
Car c'est le piédestal que nous lui réservons.
Par son éclat ta robe est digne de la fête.

LA VIEILLE.

Mais mon but est manqué ?

CHRÉMYLE.

Loin de là : tout s'apprête
A répondre à tes vœux. Conserve bon espoir...
Ton jeune homme, la belle, ira chez toi ce soir.

LA VIEILLE.

Vraiment ! par Jupiter me promets-tu qu'il vienne ?
Si je prends ce fardeau, j'en veux être certaine.

CARION.

Les vieilles ont toujours leur nez sur les chaudrons.
C'est ici l'opposé de ce que nous voyons,

Et voici les chaudrons sur le nez de la vieille !

LE CHOEUR.

Ne faut-il pas aussi que le chœur appareille
Vers le même rivage, au lieu de s'arrêter ?
Derrière eux suivons donc, sans cesser de chanter.

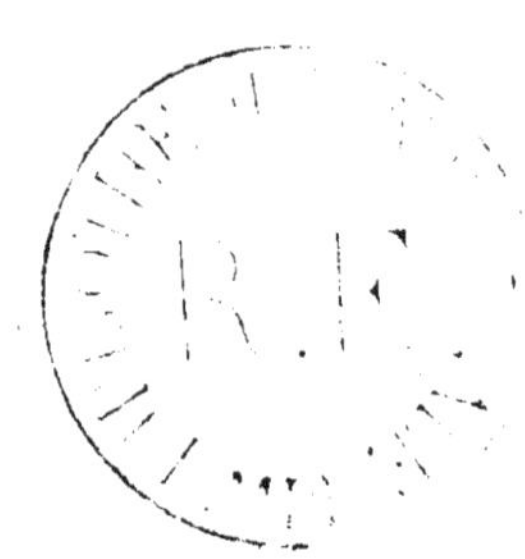

FIN.

www.ingramcontent.com/pod-product-compliance
Ingram Content Group UK Ltd.
Pitfield, Milton Keynes, MK11 3LW, UK
UKHW021105260726
13994UKWH00002B/725